—— 지도책에 담긴 또 다른 세상 ——

오르배섬의 지리학자들은 지도를 만드는 것만으로도 세상의 모든 이치를 알 수 있다고 믿었습니다. 그래서 아주 작은 것에서부터 거대한 것에 이르기까지 자연의 모든 현상을 지도로 만들려고 노력했지요. 한 지리학자는 평생 동안 자신의 뜰에 사는 개미들의 세계를 508장의 지도로 만들었고, 또 어떤 학자는 구름의 모양과 색깔, 구름이 만들어지는 과정과 구름의 이동 방법 등등 구름에 관한 대지도를 만들고자 노력했으나 안타깝게도 완성하지 못한 채 세상을 떠나고 말았습니다. 또 어떤 학자는 세상 곳곳을 떠돌며 신화, 전설, 민담 등의 이야기를 지도에 담아 표현하고자 했답니다.

오늘날, 오르배섬은 사라지고 없습니다. 그곳 지리학자들이 시도한 이 몇 권의 지도책만 남아 있을 뿐입니다.

오르배섬 사람들이 만든 지도책 3

붉은 강 나라에서
지조틀인의 나라까지

일러두기

1. 이 책 『오르배섬 사람들이 만든 지도책 *Atlas des géographes d'Orbæ* 1, 2, 3권』은 다음과 같이 구성되어 있습니다.

    1권 아마존의 나라에서 인디고섬까지 *Du pays des Amazones aux îles Indigo*

    2권 비취 나라에서 키눅타섬까지 *Du pays de Jade à l'île Quinookta*

    3권 붉은 강 나라에서 지조틀인의 나라까지 *De la Rivière Rouge au pays des Zizotls*

2. 이 책에는 알파벳 순서로 된 스물여섯 나라의 지도가 실려 있습니다. 이들 나라의 바다, 산, 숲, 호수, 강, 식물, 동물 이야기와 함께 의복, 풍습, 관행, 신앙, 종교 등 주민들에 대한 흥미진진한 이야기가 펼쳐집니다. 독자들은 A 아마조네스의 나라에서 Z 지조틀인의 나라에 이르기까지 각 나라들을 여행할 수 있습니다.

3. 이 책 제목에 등장하는 '오르배'는 상상의 공간으로 바다 위에 떠 있는 둥글고 큰 섬입니다. 오르배섬의 학자들은 세상 곳곳으로 탐험을 떠나 그곳의 지형과 자연, 사람들의 이야기를 지도에 담으려고 노력했습니다.

4. 각 나라의 주인공들, 식물과 동물의 이름, 추상명사 등은 특별한 의미를 담고 있습니다. 또 현실에는 존재하지 않는 것들이 많습니다. 이 책에서는 원래의 뜻을 최대한 살리면서 독자들에게 좀더 친숙하게 다가갈 수 있는 한글 이름으로 바꾸었습니다. 단, 그 안에 담긴 깊은 의미를 살려줄 필요가 있다고 생각될 경우에는 원어에 충실하게 번역했습니다.

5. 읽는 이들의 이해를 돕기 위해 본문 [ ] 안과 본문 아래에 설명 글을 달았습니다.

알파벳 지도와 떠나는 스물여섯 특별한 나라 이야기

오르배섬 사람들이 만든 지도책 3

붉은 강 나라에서 지조틀인의 나라까지

차 례

R
붉은 강 나라
······ 6쪽

노예상 조아오는 붉은 강 나라에서 원주민들과 우정을 나누며 살지만, 고향에 대한 향수병을 앓는다.

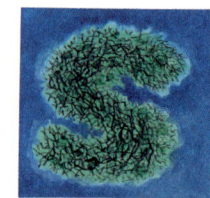

S
셀바섬
······ 36쪽

셀바섬의 열두 명의 소년은 하늘을 나는 호랑이와 싸워 이겨야 하는 성인식을 무사히 치를 수 있을까?

T
동굴 나라
······ 56쪽

사진사 이폴리트는 지진으로 폐허가 된 동굴 나라의 흔적을 찾아 기록으로 남기려 한다.

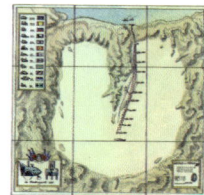

U
울티마 사막
······ 84쪽

미지의 대륙 울티마 사막에서 전차 경주가 벌어지는데, 승리호 선장 오네심은 원주민의 보이지 않는 저항 속에서 승리할 수 있을까?

V
현기증 도시
······ 104쪽

날아다니는 석공 이즈카다르는 사이비 교주의 도시 붕괴 음모를 과연 막아낼 수 있을까?

W
신기한 왈라와강
...... 142쪽

물의 흐름으로 낮과 밤을 가늠하는 왈라와강 사람들, 그들 앞에 시계 장인 야곱이 나타난다.

X
이야기 나라 싱리
...... 166쪽

이야기꾼들이 모여드는 나라 싱리에서 위안과 이야기꾼 공주의 신비로운 만남이 이루어진다.

Y
얄레우트인의 나라
...... 188쪽

대자연과 더불어 사는 얄레우트인의 나라에 푸른 제복의 사람들이 나타나 터무니없는 조약을 요구한다.

Z
지조틀인의 나라
...... 214쪽

오르배섬의 우주학자 오르텔리우스는 인디고섬에 대한 의문을 풀기 위해 직접 탐험을 나선다.

Le pays de la Rivière Rouge

붉은 강을 따라 걷다 보면, 셀 수 없이 많은 작은 나라들로 이루어진 붉은 강 나라를 만날 수 있다. 드넓은 초원과 온갖 종류의 야생 동물들이 살고 있는 열대의 이 광활한 땅을 다스리는 왕 중의 왕은 동물들과 자유로이 의사소통을 할 수 있다. 그는 아주 오랜 옛날부터 자신의 영토를 신비로운 땅으로 보존하기 위해 이방인은 감히 접근할 수 없도록 해왔다.

해방된 노예들 · 왕 중의 왕 전설 · 말씀부 장관의 자비
동물과의 대화 · 붉은 강 나라의 수도 · 『존엄서』 낭독
말의 장례식 · 조아오와 아보헤 바아 이야기

· R ·
붉은 강 나라

　왕 중의 왕이 보낸 무사들이 양손에 창과 방패를 단단히 그러쥐고 붉은 강을 따라 행진하고 있었다. 힘이 넘치는 발걸음에 오랜 행군에도 전혀 피로하지 않은 듯 씩씩한 모습이었다. 걸음을 옮길 때마다 머리 위에 달린 흰 깃털 장식이 바람에 나부꼈는데, 마치 행렬 위로 흰구름이 줄지어 따라가는 것처럼 보였다.
　누군가의 입에서 어린아이의 옹알이처럼 감미로운 노랫소리가 흘러나왔다. 무사들이 스치고 간, 풀잎의 싱그러운 풋내와 뒤섞인 노랫소리는 바람결에 떠도는 영혼의 읊조림처럼 아름다웠다. 그런 무사들 사이에 끼여 시종일관 투덜거리면서도, 행여나 뒤처질세라 허겁지겁 일행을 따라가는 한 백인 남자가 있었다. 덥수룩한 턱수염에 두꺼운 옷차림을 한 그는 더위와 피로에 지쳐 두 다리를 휘청휘청하며 걸었다.

고향에서 너무나도 멀리 떨어진 이 낯선 하늘 아래에서, 더위와 피로에 힘겨워 가쁜 숨을 몰아쉬는 그는 바로 노예상인 조아오였다. 그와는 달리 검은 피부의 무사들은 행군을 즐기는 것처럼 가뿐한 발걸음과 몸놀림이었다.

몇 년 동안, 조아오는 노예 상선의 승무원으로 일했다. 뜨겁게 내리쬐는 태양 아래 악취와 지저분한 땀 냄새에 진력이 난 어느 날, 조아오는 인간 사냥꾼이 되기로 결심했다. 그는 동료 몇몇과 함께 내륙 깊은 곳까지 파고 들어가 노예로 팔아먹을 원주민들을 찾으러 다녔으며, 값나가는 물건까지 닥치는 대로 빼앗고 훔쳐 내는 등 악행을 서슴지 않았다. 조아오 일행은 끌고 온 원주민들을 짐승처럼 한 줄로 길게 묶어서 해안까지 끌고 갔으며, 가는 도중에 고통을 이기지 못하고 쓰러진 노예들은 그냥 길가에 버려두었다.

어둑어둑 땅거미가 내린 어느날, 지칠 대로 지친 노예들은 땅바닥에 널브러졌다. 누군가 눈물 젖은 목소리로 '왕 중의 왕'이라는 말을 중얼거렸고, 그 말은 곧 쓰러진 노예들 사이를 떠돌아다녔다. 그들은 꿈속 같기도 하고 생시 같기도 한 비몽사몽 상태에서도 왕 중의 왕이라는 말을 뇌까리는 것을 잊지 않았다. 그들에게 있어 왕 중의 왕은 그 이름을 부르는 것만으로도 희망이요, 구

원의 손길이었으며, 멀리 어둠 속에서 반짝이는 불빛처럼 크나큰 위로가 되어주었다. 하지만 조아오는 코웃음을 쳤다.

'붉은 강 나라의 왕 중의 왕? 흥, 웃기고들 있네. 왕 중의 왕은 옛날이야기에나 나오는 꾸며낸 인물일 뿐이야. 아니면 사바나 초원

의 숱한 왕들 중 하나를 아주 특별한 인물로 부풀린 것이거나. 사실이라면 왜 지도마다 붉은 강 나라의 모양이 제각각이겠어? 지리학자들도 그 땅의 경계를 정확히 밝혀내지 못하는 걸 보면 그냥 떠돌아다니는 전설이 틀림없다구.'

게다가 왕 중의 왕에 대해 떠들어대는 말은 조아오의 불신을 더욱 부채질했다. 사람들은, 왕 중의 왕이 어마어마한 부자인데다 사자왕의 혈통을 이어받았기에 언제든 사자로 변신할 수 있다고 믿었다. 또한 그는 태초의 말씀이 적힌 옛 책들을 가지고 있으며, 사라진 옛 글들을 읽고 쓸 줄 아는 학회의 우두머리라고도 했다. 그 중에서도 가장 믿기 어려운 말은 왕 중의 왕이 동물들과 대화를 나눈다는 것이었다.

문명국가 사람들에게는 터무니없는 이야기로 들리겠지만, 이곳 사람들에게는 진리요, 생명수 같은 이야기였다. 황금빛 날개를 달고 구름처럼 하늘을 떠다니는 왕 중의 왕 이야기들은 자유를 잃은 노예들의 메마른 입술 위에서 힘차게 파닥거렸고, 불타는 태양을 가로질러 이 마을에서 저 마을로 날아다녔다. 그리고 어둠 속 저 멀리서 왕 중의 왕의 북소리가 으르렁거릴 때면 밤의 소음들도 일제히 숨을 멈추었다…….

어느 날, 노예들을 끌고 가던 조아오는 길 한가운데서 무장한 백여 명의 무사들과 맞닥뜨렸다. 그들은 왕 중의 왕의 명령에 따라 노예들을 사러 왔노라고 말했다. 생각했던 값보다 두 배가 넘는 보물을 보여주었기에 조아오 일행은 시끄럽게 흥정할 필요도 없었다. 거기에는 십여 개의 귀걸이와 얇은 금으로 된 팔찌, 화폐로 쓰이는 보석들을 잔뜩 박은 목걸이와 이십여 개가 넘는 귀한 두루마리 천, 그리고 상아로 된 표지에 한 장 한 장마다 아이들의 그림처럼 오밀조밀한 금박 무늬가 새겨진 작은 책 한 권이 있었다. 조아오는 왠지 그 책이 좋았다. 그래서 알아볼 수도 없는 희한한 글씨가 적힌 그 책을 조심스레 넘겨보고 또 넘겨보았다.

거래가 끝나자 구릿빛 무사들은 노예들을 옥죄고 있던 밧줄과 나무 칼들을 모조리 벗겨내기 시작했다. 그러고는 한데 쌓아놓고 불을 붙였다. 자신들을 짐승처럼 옭아맸던 기구들이 훨훨 불타오르자 풀려난 노예들은 서로 얼싸안고 기쁨의 눈물을 흘렸다. 하늘을 향해 함성을 지르며 껑충껑충 뛰어오르는가 하면, 울분을 참지 못하고 노예 사냥꾼들에게 침을 뱉는 이들도 있었다. 누군가가 노래를 부르기 시작하자 나머지 사람들도 따라 부르며 춤을 추고 손뼉을 쳤다. 이어 구송口誦 시인 한 명이 앞으로 나와 왕 중의 왕에게 바치는 시를 낭송했다. 무사들은 조로 만든 맥주를 가져왔고, 양과 닭을 제물로 바쳤다. 환희에 찬 노랫소리가 사방으로 울려 퍼졌다. 그늘진 구석에 핀 작은 풀꽃 하나, 어린 도마뱀 한 마리조차도 노예들의 해방을 축복해주는 것만 같았다. 조아오 일행도 어쩔 수 없이, 자신들을 조롱하는 듯한 무사들의 호위를 받으며 축제에 동참했다.

잠에서 깨어난 조아오는 머리가 깨질 것처럼 아팠다. 지난 밤, 자신을 술에 취해 곯아떨어지게 만든 동료들은 보물들을 챙겨 멀리 떠나버린 뒤였다. 남아 있는 거라곤 아무 짝에도 쓸모없는 작은 책 한 권뿐이었다.

빈털터리가 된 그는 왕 중의 왕 무사들을 따라 먼 나라로의 여정에 동참하게 됐다. 처음에는 따라오라는 무사들의 말을 호기심 반 허풍 반으로 받아들였다. 그는 그때까지 너무 무거워서 납덩이처럼 느껴지는 발을 이끌고 이토록 오랫동안 걷고 또 걸을 수 있으리라고는 상상도 하지 못했다.

그의 앞에서 행군하고 있는 구릿빛 피부의 원주민들은 도무지 지칠 줄을 몰랐다. 게다가 고된 행군으로 쌓인 피로를 풀기에 밤 동안의 휴식은 너무나 짧았다. 그중에서도 가장 힘든 것은, 타는 듯한 한낮의 열기 속에서 모래톱처럼 삐죽 솟은 늪지대를 지나는 일이었다. 햇빛이 반사되어 눈이 시린데다, 수천 마리의 새 떼들이 귀청이 떨어져나갈 만큼 요란한 울음소리와 날갯짓으로 사방을 압도하며 날아다녔다.

 탈진한 조아오는 그대로 땅바닥에 꼬꾸라지고 말았다. 눈앞의 모든 것들이 빙글빙글 돌며 요동치는가 싶더니 이내 머릿속이 안개 낀 것처럼 하얘져 도저히 일어날 수가 없었다. 무사들은 쓰러진 조아오를 들것에 싣고 갔다. 가는 곳이 어디인지, 밤인지 낮인지조차 구분할 수가 없을 만큼 조아오는 정신이 몽롱한 상태였다. 열에 들뜬 이마는 불덩이였고, 몸에서는 식은땀이 비 오듯 흘러내렸다. 보이는 것이라고는 붉은 강을 따라 즐비하게 늘어선 절벽과 야생 동물들이 무리 지어 뛰어노는 드넓은 초원뿐이었다. 흔들거리는 들것에 실려 마을을 통과할 때마다 곳곳에 세워진 집들이 흐리멍덩한 그의 시야를 희뿌옇게 스쳐 지나갔고, 밤이 되면 지독한 악몽이 찾아와 그를 괴롭혔다. 조아오는 그렇게 밤낮으로 열에 들떠 헛소리를 지껄이며 몇 주 동안 삶과 죽음의 문턱을 넘나들었다.

 조아오는 정신이 돌아오면서 서서히 낮과 밤의 시간을 구분할 수 있게 되었다. 그의 눈앞에 환하게 펼쳐진 세상이 전에 없이 새롭게 느껴졌다.

 눈을 떠보니 깨끗한 움막이었다. 돗자리가 동그마니 깔린 움막 안에는 찬물이 담긴 항아리가 놓여 있었다. 움집 밖에서 그가 맨 처음 본 것은 조를 빻고 있는 할머니와 그 옆에서 놀고 있는 한 꼬마였다. 움집들은 매우 가지런하게 배치돼 있었고, 주위에는 야트막한 울타리가 끝도 없이 이어져 있었다. 그는 울타리를 잡고 비틀거리며 앞으로 나아갔다. 얼마나 걸었을까, 조아오는 초가들이 오밀조밀하게 모여 있는 한 마을에 다다랐다. 비록 짚으로 이엉을 엮어 지붕을 얹은 초가였지만, 한눈에도 매우 튼튼하게 지어진 집이라는 걸 알 수 있었다. 드넓은 마당에는 남자와 여자, 아이들이 두런두런 모여 앉아 있었고, 여러 종류의 동물들도 한데 어우러져 있었다. 조아오는 사람들 틈에서 흘러나오는 왁자지껄한 말소리와 웃음소리, 닭과 당나귀 같은 가축들의 울음소리가 마치 꿈속인 양 새삼스럽게 느껴졌다. 그곳은 바로 왕 중의 왕의 본거지였다.

움집 바깥에 있던 할머니가 그를 돌보아준 덕분에 조아오는 서서히 기운을 되찾았다. 얼마 후, 깃털을 머리에 꽂은 한 남자가 그를 데리러 왔다.

왕은 광장의 커다란 나무 그늘 아래에 놓인 왕좌에 앉아 있었다. 주위에는 여러 부인들과 장관들, 제사장과 주술사, 악기 연주자와 춤꾼 들이 모여 있었고, 활과 창으로 무장한 무사들이 이들을 둥그렇게 에워싸고 있었다. 동상처럼 입술을 반쯤 다물고 주홍

동상처럼 입술을 반쯤 다물고 주홍색 옷에 금과 깃털로 머리 장식을 한
왕 중의 왕은 언뜻 보기에도 위엄과 기품이 넘쳐흘렀다.

색 옷에 금과 깃털로 머리 장식을 한 왕 중의 왕은 언뜻 보기에도 위엄과 기품이 넘쳐흘렀다.

광장의 양옆에는 문이 닫힌 오두막 두 채가 있었다. 해가 지는 방향에 있는 '피를 먹는 북의 집'은 전쟁을 알리고 왕의 노여움을 전하는 까다로운 수호자로서, 날마다 신선한 소의 피를 받아 마셨다. 반대로 해가 뜨는 방향에 있는 '젖을 먹는 북의 집'은 왕가의 새로운 탄생을 알리는 기쁨의 수호자로서, 매일 아침 금방 짠 암양의 젖을 받아 마셨다.

왕의 바로 옆에는 작고 마른 사내가 서 있었다. 툭 튀어나온 새가슴에 목에는 힘줄이 퍼렇게 돋아 있었고, 광대뼈 아래로 깊이 파인 주름들은 짧은 턱수염 안에 슬그머니 감춰져 있었다. 그는 바로 '말씀부'의 대신인 아보혜 바아°였다. 이야기를 하는 내내 그의 머리 위에는 매우 아름다운 나비 한 마리가 날개를 펄럭이며 날고 있었다. 나비의 비행은 아라베스크 문양을 그리듯 이리저리 이어지고 있었는데, 그 움직임은 신기하게도 아보혜 바아의 입에서 흘러나오는 음성의 높낮이와 성량의 변화를 정확하게 반영하고 있었다.

° 붉은 강 나라의 말씀부 장관. 왕 중의 왕을 보필하고, 태초부터 전해져 내려오는 붉은 강 나라의 역사책인 『존엄서』를 엄격하게 관리하는 직책을 맡고 있다.

아보헤 바아의 목소리는 조아오를 깜짝 놀라게 할 만큼 크고 우렁찼다. '작고 깡마른 몸집 어디에서 저런 초인적인 목소리가 나오는 것일까.' 그는 보기와는 달리 생기가 넘치고 사물을 꿰뚫어 보는 능력이 탁월한 사람으로, 조아오의 머릿속을 자루 뒤집듯 뒤집어 그 안에 담긴 생각들을 속속들이 들추어내는 데 채 한 시간도 걸리지 않았다.

대화가 끝날 무렵, 조아오는 자신이 왕 중의 왕의 손님 자격으로 이곳에 와 있다는 것과 원한다면 얼마든지 왕의 보호를 받으며 지낼 수 있다는 사실을 알게 되었다. 사실 그는 왕과 마을을 직접 보고 나서야 그동안 건너 들은 소문이 얼마나 보잘것없는 것이었는지를 몸소 느낄 수 있었다. 왕국이 차지하는 영토는 실로 엄청났다. 달의 산 방목지 너머에 있는 코라카르 왕국은 물론이고 북쪽의 부유한 상업 도시들과 캉다아만의 상선들이 일 년에 두 번 휴항을 위해 모여드는 동쪽의 항구도시들까지 죄다 붉은 강 나라에 속해 있었다.

아보헤 바아는 백 년 단위로 돌아가는 왕가의 역사와 주술사들의 엄청난 힘, 그리고 왕 중의 왕의 통치 아래 살고 있는 수많은 종족들에 대해 조아오에게 끈기 있게 가르쳐주었고, 둘은 서서히 친구가 되었다. 아보헤 바아는 그에게 일곱 명의 전쟁 영웅 이야기도 들려주었다. '쇠붙이로 만든 죽을 먹고 자라난' 그들은 코라카르와 동맹을 맺은 쌍둥이 기사였다. 두 기사는 화승총을 가지고 다녔는데, 단 한 번도 목표물을 놓친 적이 없었다. 주술사 대장장이로부터 신기한 힘을 전수받았기 때문이었다. 대장장이는 그들을 표범의 간에서 뽑은 피에 빠뜨렸고, 그 후로 쌍둥이 기사는 표범 같은 날렵함과 민첩함으로 사냥의 명수가 될 수 있었다. 조아오는 작지만 총명한 아보헤에게 왕국의 모든 것을 보고 듣고 배워갔다.

그는 밤마다 상처투성이 노예들이 나오는 악몽을 꾸었다. 붙잡힌 노예들은 비명을 질러대며 원망스러운 눈길로 조아오를 쳐다보았고, 조아오는 괴로움에 떨며 밤잠을 설쳤다. 밤이면 실제 상황인 듯 생생한 악몽이 찾아와 그를 고통으로 몰아넣었고, 아침이 되면 도무지 믿을 수 없는 현실이 그의 눈앞에 펼쳐졌다. 조아오는 자신이 전설 속 붉은 강 나라에 와 있다는 사실을 믿을 수가 없었다. 모든 게 뒤죽박죽이었다. 그토록 거짓이라 코웃음 쳤던 동물들의 언어에 대해 아보헤로부터 듣게 되자, 조아오는 더 이상 꿈과 현실을 구분할 수 없는 지경에 이르렀다. 그는 애써 '이건 꿈이야.' 하고 생각하려 했지만, 다시 한 번 거부할 수 없는 현실 앞에서 입을 다물고야 말았다.

왕 중의 왕의 사냥꾼들이 멋진 가젤 한 마리를 잡아 왔다. 그 짐승은 처음에는 엷은 먼지구름을 일으키며 울타리 이쪽저쪽을 미친 듯이 뛰어다니더니, 이내 머리를 꼿꼿이 세우고 어디에서 날아올지 모르는 화살이나 창을 피하기 위한 경계의 몸짓을 취했다.

불안함에 떨던 가젤은 커다란 원을 그리며 우리 안을 빙빙 돌기 시작했다. 새벽이 되자 한 사제가 가젤의 우리 안에 우유 한 사발과 초원에서 벤 풀 한 다발을 던져놓고는 조용히 사라졌다. 경계심을 늦추지 않는 녀석을 안심시키기 위해서였다. 조아오도 매일 가젤을 구경하러 갔다. 가젤에 대한 사람들의 관심이 조아오의 호기심을 부채질했기 때문이다. 열흘 뒤, 알록달록한 색깔로 몸치장을 한 한 무리의 사람들이 노래를 부르며 가젤의 우리 앞으로 왔다. 사람들은 길게 두 줄로 늘어섰고, 그중 두 사람이 앞으로 나와 도망칠 수 있는 길을 터주듯이 우리의 문을 활짝 열어젖혔다.

가젤은 자신을 향해 다가오는 그림자를 조용히 건너다보았다. 그림자의 주인공은 바로 왕 중의 왕이었다. 서로의 시선이 마주치자 왕은 그 자리에 우뚝 멈추어 섰다. 이어 왕의 입에서 들릴락말락하게, 매우 아름다우면서도 낡은 융단의 해진 실처럼 가느다랗고 머뭇머뭇하는 목소리가 새어 나왔다. 가젤은 섬세한 두 귀를 곤추세우고 몸을 가볍게 떨면서, 자신만이 이해할 수 있는 목소리를 향해 걸음을 옮기기 시작했다. 마치 왕이 가젤의 목을 끈으로 묶어 잡아당기기라도 하듯 그렇게 한 발 한 발 앞으로 걸어 나와서는 왕의 손에 주둥이 끝을 갖다 대었다. 사람들은 숨을 죽인 채, 오랫동안 기다려왔던 이 신비한 만남에 서서히 빠져들기 시작했다. 순간, 아보헤 바아의 이마 위에 있던 나비가 천천히 날갯짓을 했다······. 가젤은 긴 꿈에서 깨어난 듯 급작스레 공중으로 튀어 오르더니 꼿꼿이 서 있는 왕을 한 바퀴 돌아 큰 걸음으로 도망을 갔다.

아보헤 바아가 조아오의 귀에 대고 속삭였다.

"매년 여름마다 왕은 형제애를 나눈 열두 종의 동물 중 하나를 만난다네. 그 열두 해 동안 매년 다른 동물을 만나는 거라네. 그 귀한 순간을 보게 되다니, 자네는 참 운이 좋은 편일세. 올해는 가젤의 해야. 가젤은 내가 제일 좋아하는 동물이지. 왕은 모든 동물과 대화를 나누지만, 자신과 혈통이 같은 사자한테는 결코 말을 걸지 않는다네. 까딱 잘못하다간 잠자던 조상이 깨어날지도 모르거든. 그건 그렇고 자네 나라의 왕도 동물들과 말을 하시는가?"

할 말을 잃은 조아오는 입술만 달싹였다. 사냥은 그의 마음속 깊이 잠들어 있던 소중한 추억들을 하나씩 일깨워주었다. 까마귀를 향해, 강과 구름을 향해, 그리고 바람과 눈을 향해 힘차게 창을 던져 올리던 기억에서부터 어린 시절, 둥지에서 떨어진 어린 새의 작은 심장이 보드라운 가슴털 아래에서 팔딱거리던 것을 신기하게 바라보았던 기억까지……. 조아오는 자신이 너무 많이 변해버렸음을 깨닫고는 가슴이 아팠다. 그는 도망친 가젤이 그랬듯이 요란스레 몸을 떨었다.

본격적인 사냥철이 돌아오자 조아오는 내심 흐뭇해했다. 사냥 준비를 같이 하지는 않았지만 시간이 지남에 따라 사냥꾼들의 무리에 자연스레 낄 수 있게 되었고, 말을 타고 초원을 내달리는 기쁨과 목표물을 손에 쥐었을 때의 짜릿한 흥분을 다시금 누릴 수 있어 좋았다. 사냥철 내내 마을은 매캐한 고기 굽는 냄새에 취해 잠이 들곤 했다.

북소리가 사냥의 계절이 끝났음을 알리자, 아보헤 바아는 조아오더러 왕 중의 왕의 궁궐이 있는 수도로 함께 돌아가자고 말했다. 붉은 강 나라에서 가장 큰 도시인 그곳은 지금껏 발을 들여놓은 백인이 단 한 사람도 없는 금기의 땅이었다.

도시는 규모가 매우 컸으며, 전체적으로 벌꿀빛을 띠고 있었다. 거리에는 온갖 냄새들이 뒤섞여 흘러 다녔고, 야트막한 집들에서는 연장 두드리는 소리가 쉴 새 없이 울려 퍼졌다. 염소 발자국을 따라 깡충깡충 뛰어다니는 조무래기들을 보자 조아오의 얼굴에 저절로 미소가 번졌다. 도시에는 높은 성벽도, 중심가도 없었다. 골목마다 마당이 있는 집들이 가지런히 이웃해 있었고, 가파른 계단을 오르다 보면 간혹 아무런 이정표도 없이 궁궐로 통하는 정문이 나오기도 했다. 오래지 않아 조아오는 혼자서도 산책할 수 있을 만큼 도시의 지리에 익숙해졌다. 말씀부 장관 아보헤 바아의 친구인 그는 언제나 큰 환영을 받았다. 비록 말은 통하지 않았지만, 호기심 많고 적극적이며 별것 아닌 것에도 껄껄 웃곤 하는 조아오의 호탕한 성격이 그와 붉은 강 나라 사람들과의 사이에 놓인 언어의 장벽을 조금씩 허물어뜨렸다.

그는 도시 구석구석을 마음대로 드나들 수 있었지만, 단 한군데 가장 신성한 책인 『존엄서』가 있는 곳만은 예외였다. 그곳은 정교하게 만들어진 문이 굳게 닫혀 있는 비밀스러운 곳으로써, 오직 아보헤 바아만이 열쇠를 가지고 있었다. 역사책 편찬자들에 의하면 『존엄서』의 기원은 태초로 거슬러 올라간다고 했다. 가끔씩 어둠을 틈타 슬그머니 그곳에 들른 왕 중의 왕은 아보헤 바아와 마주 앉아 긴 이야기를 나누었다. 가장 신성한 책은 열두 해를 주기로 하여 마지막 해에 단 한 번 밖으로 나왔다.『존엄서』의 낭독 의식을 치르기 위해서였다.

사람들은『존엄서』를 금실과 비단실로 짠 일곱 겹의 천에 싸서 붉은 강 연안까지 옮겨 왔다. 어찌나 무거운지 장정 스무 명은 있어야 겨우 옮길 수 있었다. 강변의 나무 아래에 도착한 관리들은 뿔피리와 북소리에 맞춰 일곱 겹의 천을 벗겨낸 후, 책을 지지대 위에 세웠다. 이어 말씀부의 장관인 아보헤 바아가 두꺼운 겉장을 열어『존엄서』를 강물과 마주 보게 한 다음 엄숙한 목소리로 낭독 의식이 시작되었음을 알렸다. 그러자 백팔 명의 낭독자들이 아보헤 바아의 주위로 몰려나와 각기 다른 고대 언어로『존엄서』의 첫 구절을 외기 시작했다. 서로 뒤섞인 백팔 명의 목소리는 북소리와 심벌즈 소리와 함께 어우러져, 말로는 설명할 수 없는 신비한 음색을 빚어냈다. 그건 동물에게 말을 걸 때 왕 중의 왕의 입에서 흘러나오던 목소리와 비슷한 울림이었다. 또한 그 소리는『존엄서』의 신비로운 말씀을 나무와 물과 바람에게 전하고 있었다.

의식은 한 달 내내 계속되었지만 조아오는 참가할 기회를 얻지 못했다.『존엄서』는 이방인의 신분인 그가 함부로 만질 수 없는 신성한 것이요, 베일에 가려진 은밀한 것이었기 때문이다. 전에도 그는『존엄서』가 보관된 집의 문 앞에 가서 무거운 자물쇠만

가장 신성한 책인 『존엄서』는 금실과 비단실로 짠 일곱 겹의 천에 싸여 붉은 강 연안까지 옮겨졌다.

어루만지다 아쉬운 발걸음을 돌리곤 했다. 아보헤는 그런 조아오를 위해 성대한 축연의 모습을 설명해주었고, 조아오는 화려하게 차려 입은 고관들의 행렬과, 조상들의 말씀이 우러나오도록 입을 모아 『존엄서』의 구절을 읊조리는 백팔 명의 낭송자들의 모습을 머릿속에 그려보았다. 그는 전에 노예를 판 대가로 받은 작은 책을 가슴에 품고서 이 책이 『존엄서』의 낭독과 무언가 관련이 있을 것이라고 막연히 상상했다.

아보헤 바아는 매일 아침 『존엄서』 앞에 대추야자로 만든 술을 바쳤다. 말씀부의 장관인 그는 『존엄서』와의 대화뿐 아니라 제물을 바쳐야 하는 임무도 맡고 있었다. 또한 그는 여러 지방으로 주술사들의 말씀을 경청하러 갔는데, 돌아와서는 그 내용을 잊어버리지 않도록 『존엄서』에게 들려주었다. 아보헤가 지방 순례를 같이 가자고 했을 때, 조아오는 너무나 기뻤다. 혼자서는 결코 갈 수 없는 곳을 돌아볼 수 있는 좋은 기회였기 때문이다.

아니나 다를까, 조아오는 아보헤를 따라다니며 설탕에 절인 메뚜기, 잔털이 난 말린 멜론, 앵무새 나무의 열매, 우유꽃 나무의 열매 등등 생전 처음 보는 진귀한 음식들을 잔뜩 맛보았다. 사바나 모래언덕 위에 탑처럼 솟은 흰개미집들과 촛대 코뿔소들의 행렬은 그야말로 한 폭의 그림이었다. 촛대 코뿔소들은 마치 움직이는 촛불처럼 빛을 발하는 곤충들을 뿔에 달고 다니면서 어두컴컴한 초원을 환하게 밝혀주었다. 아보헤는 냄새가 나고 눈물을 줄줄 흘리는 나무와, 먹으면 오랫동안 졸리지 않는 나무 열매를 가르쳐 주었고, 독성 수액으로 살아 있는 생물의 감각을 마비시키는 끔찍한 식물도 보여주었다.

조아오는 주술사들이 발라폰[아프리카의 목금 악기] 소리에 맞춰 낭송하는 서사시를 매우 좋아했다. 그들이 읊조리는 시구는, 어둠 속의 부엉이보다 더 반짝반짝 빛나는 눈을 하고 있는 청중들 사이를 부드럽게 헤엄쳐 다녔다. 조아오는 종종 다른 사람들과 자신이 동시에 전율하는 것에 감탄을 금치 못했고, 그런 자신을 바라보며 울기도 하고 웃기도 하고 손뼉을 치기도 했다. 아보헤바아도 맑고 그윽한 목소리에 푹 빠진 듯 조용히 눈을 감고 귀를 기울였다.

조아오는 몸 상태가 좋아지고, 열에 들뜨는 일도 뜸해졌다. 긴 순례를 마친 두 사람이 마침내 왕국의 수도에 도착한 날, 조아오가 아보헤를 돌아다보며 "이제 그만 고향으로 돌아가야겠습니다."라고 말했다. 그러자 아보헤의 머리 위에서 날고 있던 나비가 미친 듯이 요동치기 시작했다. 반면, 나비의 주인은 딱히 할 말을 찾지 못하고 머뭇거렸다. 마침내 아보헤가 입을 열었다.

"조아오, 나의 친구여. 자네는 고국으로 돌아갈 수 없다네."

"왕 중의 왕이 반대합니까?"

"아니, 왕께 물어본 적은 없다네. 하지만 만약 자네가 이곳을 떠난다면 붉은 강 나라에 대한 자네의 기억은 영원히 사라질 것이네. 우리의 우정까지도……. 나는 자네가 이곳에 머물기를 바라네. 이곳에서 가정을 꾸릴 수도 있다네. 왕 중의 왕도 자네를 마음에 들어 하니 언젠가는 왕의 옆에서 지금의 내 역할을 해줄 수도 있을 테고. 다시 한 번 잘 생각해보게."

하지만 고향에 대한 그리움은 날이 갈수록 커져만 갔다. 그의 눈과 귀를 놀라게 했던 신비한 것들이 점점 그가 태어난 곳의 일상적인 것들, 예를 들어 포도주나 하얀 눈, 난로에서 익어가는 햄이나 빵 굽는 냄새보다 하찮게 느껴질 정도였다.

조아오의 고집을 꺾지 못한 아보헤가 왕 중의 왕에게 상소를 올리러 갔다. 마음속으로는 왕이 조아오의 간청을 거절하기를 바라면서. 하지만 답변을 가지고 돌아왔을 때, 아보헤의 얼굴은 몇 년은 더 늙은 것처럼 핼쑥해 보였고 가느다란 흰 수염은 파르르 떨리고 있었다.

"왕이 자네의 귀향을 허락했다네."

· R · 붉은 강 나라

이튿날, 날이 채 밝기도 전에 왕의 신하들이 조아오를 데리러 아보헤 바아의 집으로 찾아왔다. 그들은 조아오의 팔을 붙잡고 도망치듯 도시를 빠져나왔다. 조아오의 귀에는 그들의 규칙적인 숨소리와 발자국 소리 외에는 아무것도 들리지 않았다. 그들은 울창한 판야 나무 숲까지 조아오를 끌고 갔다. 한낮에도 햇살이 비치지 않을 만큼 짙은 숲 그늘이었다. 숲에는 매우 길고 뾰족한 삼각형 모양의 천들이 구역을 표시하고 있었고, 한가운데에는 구멍이 파여 있었다. 작은 북을 정성스레 쥐고, 얼굴에는 가면을 쓴 사람이 조아오의 옆으로 와 앉았다. 그 북은 사람의 두개골을 반으로 잘라 붙여 만든 것이었다. 조아오의 눈이 희미한 어둠에 익숙해질 무렵, 나비 한 마리가 북을 든 사내의 가면 위에서 움직이는 것이 보였다. 하지만 아보헤 바아의 나비는 아니었다. 이 나비의 날개는 흑색을 띠고 있었다.

"질문을 하면 발치에 있는 항아리에 대고 대답하시오."

가면을 쓴 자가 엄한 목소리로 조아오에게 말했다. 질문은 매우 짧고 정확했다. 조아오가 대답할 때마다 사내가 든 작은 북이 열광적으로 울렸다. 조아오는 대답을 하면서 자신이 붉은 강 나라에서 겪은 일들을 술술 풀어내고 있음을 깨달았다. 그러다 갑자기 뇌를 송곳으로 뚫는 듯한 끔찍한 두통이 시작되었다. 이제는 밖

조아오의 눈이 희미한 어둠에 익숙해질 무렵, 나비 한 마리가 북을 든 사내의 가면 위에서 움직이는 것이 보였다.

으로 내뱉는 말들이 자신의 입에서 나오는 것이 아니라, 그 악마 같은 악기의 신호에 따라 머리통 속에서 길게 울리는 것만 같았다. 북의 두드림이 느려지면 그도 말을 더듬거렸고, 북이 빨라지면 도저히 제어할 수 없을 정도로 많은 말들이 봇물 터지듯 쏟아져 나왔다. 마침내 조아오의 중얼거림이 딱 그쳤다. 무슨 말이든 해보려고 입술을 계속 달싹였으나 단 한 마디도 입술 밖으로 나오지 않았다. 그러자 의식의 집행자가 조아오의 목소리로 가득 찬 호리병의 뚜껑을 닫고, 주둥이를 천 조각으로 틀어막은 뒤 구멍 깊숙이 던져 넣고는 흙으로 덮었다. 말의 장례식이 끝나자 그는 미친 사람처럼 엉뚱한 소리들을 지껄여대기 시작했다.

  조아오는 다시 악마 같은 열병에 시달렸다. 정신을 차리고 보니 고국으로 가는 노예 상선이었다. 하지만 어떻게 배에 오르게 됐는지 도무지 기억이 나질 않았다. 그는 아는 사람 하나 없는 이방인이 되어 걸레 같은 남루한 옷을 걸치고, 반은 미친 채로 구걸을 하면서 고향으로 돌아갔다. 조아오는 교회 앞에 쪼그려 앉아 두서없는 말들을 주절거리거나, 너무 오래돼 종잇장이 바스라질 것 같은 낡은 책을 만지작거리며 붉은 강이라는 나라에 대해 떠들어댔다. 그는 노예들을 자신의 형제라 불렀고, 왕 중의 왕을 부르며 울부짖었다. 금과 깃털로 장식한 흑인 왕, 사자의 아들이며 동물과 말을 하는 왕 중의 왕을. 세상 사람들은 모두 그를 비웃었다.

하지만 아이들은 그와 어울려 놀기를 좋아했다. 왜냐하면 그의 머리 위에는 항상 나비 한 마리가 파닥거리며 날고 있었기 때문이다.

피를 먹는 북의 집

젖을 먹는 북의 집

왕 중의 왕의 호위대 사령관

『존엄서』가 보관된 곳의 대문

동물들의 언어로 쓴 달력판

붉은 강변에서 열린 『존엄서』 낭독 의식

34 ── 붉은 강 나라에서 지조틀인의 나라까지

사바나의 흰개미집

앵무새 나무 숲

앵무새 나무의 열매

촛대 코뿔소들의 행렬

촛대 코뿔소
뿔에 불빛을 발하는 곤충 무리들을 끌고 다닌다.

'왕 중의 왕'의 왕좌

말[言]의 장례식에서 쓰는 북은 반으로 자른 두개골을 서로 맞붙여 만든 것이다. 식이 끝날 때쯤 북은 몹시 무거워진다. 여러 사람들 중 북을 들어 올릴 수 있는 건 오직 의식을 집행하는 자뿐이다.

말을 보관한 항아리

말의 장례식 때 쓰는 가면

· R · 붉은 강 나라 —— 35

L'ile de Selva

셀바섬은 거대한 한 그루의 나무로 이루어진 섬이다. 사방으로 많은 가지들이 뻗어 있고, 나뭇가지 사이사이에 온갖 식물들이 다투어 자라서 딱 한 그루인데도 울창한 숲처럼 보인다. 셀바섬 주변의 군도에 사는 소년들은 바로 이 나무 위에서 위험천만한 성년식을 치른다.

맹그로브 나무 · 나무 길 · 한 그루의 나무로 된 숲
거꾸로 내리는 비 · 덤불 인간 · 휘파람 칡넝쿨
하늘을 나는 호랑이 · 오피오크, 포히, 나후에 이야기

· S ·
셀바섬

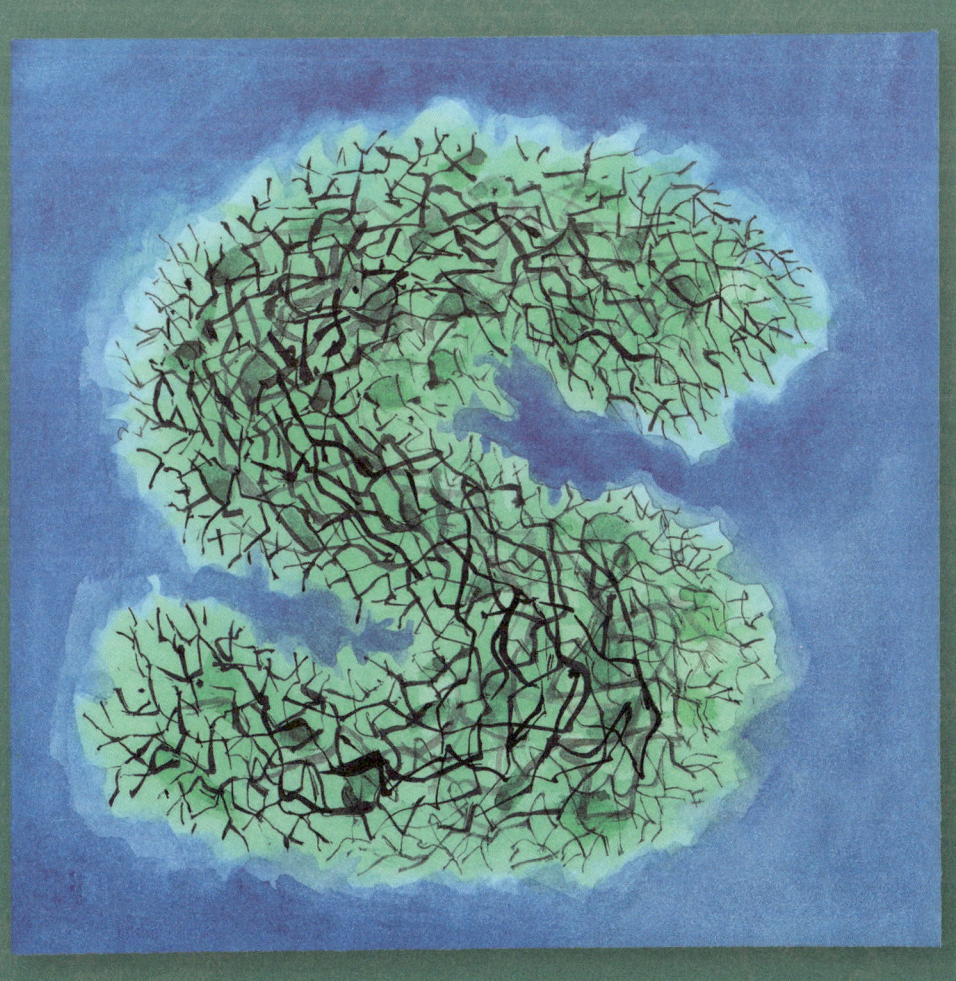

　카누 두 척이 어슴푸레한 새벽을 뚫고 셀바섬에 접근했다. 운 좋게도 물때를 만난 카누는 해안을 따라 흘러가다가 맹그로브 나무로 뒤덮인 넓은 만의 깊숙한 곳까지 이끌려갔다.
　노 주위를 맴돌던 은빛 물고기들이 수면을 차고 허공으로 튀어 올랐고, 썩은 나무둥치처럼 물 위에 떠 있던 악어는 등뼈를 두세 번 뒤틀면서 멀리 달아났다. 이윽고 물 빠진 모래땅에 닿자 카누에 타고 있던 열두 명의 소년들이 약속이라도 한 듯 우르르 배에서 내렸다. 소년들은 하나같이 머리에 커다란 그물주머니를 매달고 있었는데, 그 속에는 바나나 잎에 싼 노란 바나나 열매, 끓인 타로 반죽, 야자나무 열매가 들어 있었다. 몸에 지닌 무기라고는 나뭇잎을 엮은 허리끈에 매달아놓은 대나무 칼 한 자루밖에 없었다.
　소년들 중 가장 나이가 많은 오피오크가 맨 앞에서 길을 열었다. 나이가 많다고는 하지만, 만 열여섯이 안 된 앳된 소년이었다. 맹그로브 나무는 진흙 속에 뿌리를 내리고, 수면 위로 초록색 잎이 무성한 가지들을 드리운 채 병풍처럼 둘러쳐져 있었다. 오피오크는 숲을 헤치고 나가면서도 나뭇잎을 다발로 묶어놓거나, 야자나무 가지를 꺾어놓는 것을 잊지 않았다. 돌아올 때 헤매지 않기 위해서였다.

오피오크는 알고 있었다. 아무렇게나 얽혀 있는 수백만 개의 뿌리들 중에서 자신이 찾아내야 할 것은 오직 그 나무의 뿌리라는 것을. 물론 이곳은 거대한 한 그루의 나무로 이루어진 섬이지만, 수천 개의 다른 나무와 식물 들도 함께 뿌리를 내리고 있어 그 나무의 뿌리만을 찾기란 여간 힘든 일이 아니었다.

셀바섬은 다양한 생물들의 서식지이자, 신선한 공기를 뿜어내는 살아 있는 정원이었다. 잎이 큰 양치식물과 야자나무가 군락을 이루고 있었고, 푸른 이끼류와 사방으로 뻗은 칡넝쿨이 한 폭의 그림처럼 어우러져 있었다. 이름도 알 수 없는 새로운 식물들이 떼 지어 자라는가 하면, 독성 식물, 갈퀴 그리고 가시들이 곳곳에 덫처럼 도사리고 있었다. 도저히 그 길이를 가늠할 수 없을 만큼 무한정 뻗어나간 나무와 식물 들은 서로 얽히고 타고 넘고 솟아오르고, 가지가 꺾여 땅 위를 구르며 거대한 정원을 수놓고 있

었다. 그 나무의 꼭대기는 구름까지 닿아 있었고, 뿌리는 죽은 자
들이 살고 있는 암흑의 왕국에까지 잠겨 있었다. 그는 아버지의

아버지들이 그랬던 것처럼 발로는 쉴 새 없이 디딜 곳을 찾고, 손으로는 중심을 잡아줄 나뭇가지들을 닥치는 대로 움켜쥐면서 허

리까지 푹푹 빠지는 진흙탕 속을 겨우겨우 헤쳐나갔다.

손 하나가 오피오크의 어깨를 잡았다. 소꿉동무인 포히였다. 포히가 눈짓으로 가리킨 곳에는 사람의 팔보다 조금 더 두꺼운 나무뿌리가 마치 지네의 다리처럼 수많은 잔가지들을 바닷물 속에 뻗어 내리고 있었다. 나무 길이었다. 소년들은 버둥거리고 허우적대면서 간신히 뿌리 위에 차례차례 올라섰다. 길은 미끄럽고 구불구불한데다 예상치 못한 위험들이 도사리고 있었다. 사실 나무 길이란, 뿌리에서 아치형의 다리 모양으로 뻗은 나뭇가지가 만들어낸 길이었다. 이 나무는 중심이 되는 굵은 밑동은 없고 대신 수많은 뿌리들이 줄기처럼 하늘을 향해 뻗어 있었으며, 뿌리 겸 줄기에서 난 가지들은 마치 또아리를 튼 뱀처럼 꼬이고 비틀린 채 서로 얽혀 있었다.

앞서가던 오피오크가 멈추라는 신호를 보냈다. 나무 길을 타고 올라가던 소년들은 굵은 세 개의 가지가 서로 합쳐진 지점에서 걸음을 멈추었다. 태양이 뜨자 열기도 더해갔다. 찌는 듯한 더위와 습한 공기 때문에 숨이 턱턱 막혔고, 온몸은 땀으로 번들거렸다. 셀바섬에서는 소리 내어 말하는 것이 금지되어 있었기 때문에 그들은 오직 손짓, 발짓으로만 의사소통을 했다.

발아래 깔린 안개는 어느덧 두터운 구름이 되어 쌓이고, 부풀어오르고, 무럭무럭 자라나서 소년들이 앞으로 가야 할 길까지 죄다 삼켜버리고 말았다. 소년들은 빠른 속도로 치솟는 구름들 때문에 마치 검은 구렁 속으로 뱅글뱅글 돌며 추락하는 것 같은 아득함을 느꼈다. 드디어 굵은 빗줄기가 그들의 어깨를 할퀴기 시작했다. 빗줄기는 점점 더 거세어졌고, 아래에서 위로 솟구쳐 올랐다. 잎이 무성한 나뭇가지는 열두 소년의 피난처가 되어주었다. 순간 발밑에서 번개가 번쩍였다. 벼락을 맞은 가지들이 강한 오존 냄새를 풍기면서 와르르 무너져 내렸다. 거꾸로 내리는 비와 함께 시작된 천둥과 돌풍은 태양의 열기가 최고조에 달할 때까지 계속되었다.

비가 그치자 소년들은 다시 걸음을 재촉했다. 나무는 자신의 뒤틀린 팔로 소년들을 감싸 안았다. 푸르스름한 습기 속에서 뚜렷한 형태도 윤곽도 없이 그렇게 스스로를 보일 듯 말 듯 감추면서.

갑작스레 어둠이 내려앉자 화들짝 놀란 소년들은 창의 날처럼 마름모꼴로 생긴 커다란 나뭇잎을 지붕 삼아 몸을 숨겼다. 곧 여기저기에서 물방울이 떨어져 내렸다. 나무는 가장 더운 한낮에는 구름을 만들어 거꾸로 비를 솟구치게 하고, 밤이 되면 몸 안에 남은 수분을 이렇게 밖으로 흘려보냈다. 소년들은 가지고 온 음식을 말없이 나누어 먹었다. 어둠이 짙어지면 짙어질수록 주위를 배회하고 있을지도 모르는 혼령들 생각에 소년들은 심장이 꽁꽁 얼어붙는 것만 같았다.

가장 무서운 것은 '덤불 인간'°이었다. 덤불 인간은 동물과 식물의 중간쯤 되는 괴물로, 온몸이 이끼로 덮여 있고, 삼백육십오 일 나뭇가지에 매달려 살았다. 사람 냄새를 맡은 덤불 인간은 컴컴한 밤의 장막을 소리 없이 뚫고 와 목표물을 잽싸게 질식시켜 버린다고 했다. 그런 다음 몸속의 끈끈한 액체를 이용해 목표물을 고치로 만든 뒤 살이 모두 썩어 쉽게 빨아 먹을 수 있을 때까지 기다린다고 했다.

두려움에 사로잡힌 소년들은 쉽게 잠을 이루지 못하고 뒤척였다. 이빨을 갈며 소년들의 머리 위를 배회하던 박쥐들의 눈동자가 컴컴한 어둠 속에서 별무리처럼 번쩍거렸다. 빽빽한 나뭇가지 숲에 부딪혀 메아리치는 밤 짐승 소리, 물 출렁이는 소리, 신경질적인 웃음소리, 야만스러운 딸꾹질 소리가 하늘을 나는 호랑이의 으르렁 소리와 한데 어우러져 무시무시한 불협화음을 만들어냈다. 그 소리들은 먼 허공을 구르는 천둥소리처럼 어둠 깊숙한 곳에서부터 들려왔고, 겁에 질린 나그네의 침묵을 비웃으며 수천

○ 동물과 식물의 중간쯤 되는 존재로, 몸속의 점액질을 이용해 살아 있는 생물의 수액을 빨아 먹고 사는 셸바섬의 괴물이다.

가지 소음들이 뒤섞인 밤의 장막을 갈가리 찢어놓았다.

　길조인 얼룩무늬 새가 아침을 알렸고, 마침내 소년들은 길고 긴 밤의 공포에서 벗어날 수 있었다. 그들은 기지개를 켜면서도 하품을 하지 않으려고 조심하면서 잠들어 있던 근육들을 조금씩 풀어주었다. 하품을 하지 않는 것은 배회하는 혼령들이 몸속으로 들어오지 못하도록 막기 위해서였다. 하지만 나후에는 자신도 모르게 벌어진 입을 손으로 황급히 틀어막아야만 했다. 늙은 원숭이처럼 생긴 덤불 인간이 안개 속으로 천천히 사라지는 것을 보았기 때문이다. 만약 덤불 인간이 나후에를 아주 잠깐이라도 쳐다보았다면, 나후에는 분명 영혼을 빼앗겼을 것이다. 빼앗긴 영혼은 영원히 섬에 갇히는 죄수가 된다.
　소년들은 그물주머니에서 식량을 꺼내 허기진 배를 채웠다. 주위에는 온갖 종류의 과일과 약초들, 쉽게 손에 넣을 수 있는 사냥감이 널려 있었지만 그것들을 만지는 것 역시 철저한 금기 사항이었다. 오피오크와 포히는 지난밤, 하늘을 나는 호랑이의 포효 소리가 과연 어느 쪽에서 났는가를 두고 몸짓으로 짧은 논쟁을 벌였다. 마침내 의견 일치를 본 두 소년은 나무의 꼭대기를 향해 발걸음을 옮겼다. 전날과 비슷한 시각에 비바람이 몰아쳤다. 얼마나 갔을까, 소년들은 휘파람 칡넝쿨을 발견했다. 그들은 옆구리에 찬 대나무 칼을 꺼내 자기에게 맞는 넝쿨을 잘라낸 뒤 어깨에 둘러멨다. 여기저기 널린 칡넝쿨들은 휘파람 소리를 내며 징그러운 뱀처럼 서로 휘감겨 있었다. 드디어 하늘을 나는 호랑이가 그들을 발견했다. 고된 등반 중에도 소년들은 느낄 수 있었다. 비록 보이지는 않지만 하늘을 나는 호랑이가 끈덕지게 자신들을 따라다니며 호시탐탐 목숨을 노리고 있다는 것을.

우뚝 걸음을 멈춘 오피오크가 이제 막 도착한 장소를 주의 깊게 살피기 시작했다. 소년들의 머리 위로 나뭇잎을 통과한 햇빛이 가느다란 빗줄기처럼 쏟아져 내렸다. 허공에 드리워진 나뭇가지들은 소년들이 자유롭게 움직일 수 있을 만큼 넓은데다 가지끼리 서로 바짝 붙어 있어 한달음에 뛰어넘을 수 있었다. 오피오크는 이곳이야말로 호랑이를 기다리기에 가장 좋은 장소라고 생각했다. 일정한 간격을 두고 자리를 잡은 소년들은 호랑이를 잡을 만반의 준비를 갖추었다. 온몸을 나뭇잎으로 감싸고, 발목에 잡아맨 휘파람 칡넝쿨의 다른 쪽 끝을 나뭇가지에 단단히 고정시켰다. 연장자인 오피오크와 포히는 목소리가 들릴 정도의 거리를 두고 서로 마주 보았다. 거대한 허공이 둘 사이를 갈라놓았다.

드디어 소년들이 호랑이를 불렀다.

그들은 우선 나지막한 목소리로 말을 거는 것부터 시작했다.

"이빨도 발톱도 없는 종이 호랑이야, 벌써부터 숨이 가빠 헐떡이는 가엾은 늙은이……."

그런 다음에는 조금 더 큰 목소리로 비아냥거리며 놀리기 시작했다.

"소심한 늙은 얼룩 반점, 둥지에서 떨어져 버둥거리네. 잡아먹어 봤자 소화도 잘 안 되는 꼬부라진 날짐승……."

그래도 아무런 응답이 없자, 있는 힘껏 목청을 돋우어 이렇게 외쳤다.

"늪지대의 늙은 고양이, 무뎌진 화살, 벼룩투성이, 그나마 무서워하는 것은 개구리들뿐, 똥을 먹는다네……."

수풀 속에서 몹시 성난 듯 울부짖는 소리가 들리는가 싶더니, 무언가가 미처 알아볼 틈도 없을 만큼 잽싸게 오히엡을 향해 튀어나왔다. 오히엡은 일행 중 가장 어린 소년이었다. 오히엡은 맹수의 공격을 피하기 위해 민첩하게 몸을 날렸으나, 녀석의 날카로운 발톱에 상체를 긁히고 말았다. 칡넝쿨은 오히엡이 뛰어내리자마자 용수철처럼 오히엡의 몸을 튕겨 올리며 말려 올라갔다.

비슷한 순간에, 오히엡을 노리며 날개를 활짝 펼친 호랑이를 향해 아도아디와 탈이 몸을 날렸다. 아도아디는 승리를 기원하는

고함을 지르며 짐승의 털가죽을 향해 일격을 가했다. 호랑이는 크게 울부짖으면서 공중에서 반 바퀴를 회전했다. 둘과 폴, 그리고 닐리아는 힘차게 낙하해 호랑이에게 최대한 접근하려고 애썼다. 그러나 폴은 맹수의 무시무시한 발톱 공격을 받았고, 나머지 두 소년도 그들의 칡넝쿨 밧줄을 타고 도망치듯 공중으로 뛰어올라야만 했다.

호랑이는 자신을 비웃던 이 새로운 먹잇감들을 향해 번득이는 눈빛 화살을 마구 쏘아대며 나뭇가지 사이를 멋지게 날아다녔다. 하지만 등에 입은 상처 때문인지 공격은 자주 빗나갔다. 마침내 호랑이가 몸을 돌리면서 내려친 뒷발 공격으로 로헥의 허벅지를 마구 긁어놓았다. 이것을 본 네오마가 뒤이어 높이 솟구칠 준비를 했다.

호랑이는 이제 싸움의 규칙을 완전히 이해한 듯 싶었다. 치명적인 타격을 입지 않고 호랑이에게 접근하기 위해서는 몸을 더욱 날렵하게 움직여야만 했다. 그들은 쉴 새 없이 허공으로 몸을 던졌다. 꽤 그럴 듯하게 낙하하면서 몸을 서로 교차하는가 하면 맹수의 날카로운 발톱과 이빨에 맞서 용맹하게 칼을 휘둘렀다. 그러면서 길게 늘어뜨린 칡넝쿨을 멋지게 감아올리기도 하고, 탱탱하게 죄기도 하고, 몸놀림에 맞춰 다시 느슨하게 풀기도 하는 등 온갖 재주를 다 연출했다.

호랑이는 처음의 실수를 반복하지 않으려는 듯 화를 가라앉히고 침착하게 주위를 살폈다. 젖비린내 나는 공중 곡예사들의 재주넘기가 언제까지 계속될 것인지를 호기심 어린 시선으로 바라보면서, 결정적인 순간을 기다리고 또 기다렸다. 하지만 소년들의 윤기 있는 피부와 상처에서 흐르는 피 냄새는 정말이지 참기 힘든 유혹이었다. 날아오르기 전에 소년들 중 하나를 잡아채는 것은 별로 어려운 일이 아니었으나, 호랑이는 모든 걸 미뤄둔 채 마지막 공중 공격을 시도했다.

최후의 희생자는 나후에였다. 그 어린 소년은 벌써부터 자신의 종말을 예감하고 있었다. 아침에 무심결에 입을 벌리고 하품을 하는 사이에 언뜻 바라본 덤불 인간이 자신의 영혼을 가져갔다고 생각한 나후에는 호랑이와 싸우는 내내 제정신이 아니었다. 나후에를 낚아채 날아가던 호랑이는 날카로운 송곳니를 그의 목덜미 깊숙이 찔러 넣었다. 이어 거센 충격을 받은 나후에의 칡넝쿨이 '탁' 하는 소리를 내며 끊어졌다. 오피오크와 포히가 맹수의 등줄기 위로 즉시 몸을 날렸지만, 갈비뼈에 여러 차례 칼을 맞고서도 녀석은 나후에를 놓지 않았다. 대신 팽팽하게 당겨져 있던 오피오크와 포히의 넝쿨을 급작스럽게 흔들어놓음으로써 성가신 훼방

그들은 쉴 새 없이 허공으로 몸을 던지며 서로 교차하는가 하면
맹수의 날카로운 발톱과 이빨에 맞서 용맹하게 칼을 휘둘렀다.

꾼들을 떨쳐내는 데 성공했다.

조금 더 아래로 내려간 호랑이는 거친 숨을 토해내며 전열을 가다듬었다. 그렇게 기운을 찾은 녀석은 먹잇감을 물고 자신의 은신처로 바람처럼 날아갔다.

오피오크는 나후에를 묶었던 넝쿨을 잘라 돌돌 만 후, 자신의 그물주머니 속에 집어넣었다. 소년들은 몸에 난 상처를 감싼 뒤, 나후에를 위해 밤새도록 슬피 울었다. 하지만 이튿날 아침, 열한 명의 소년들은 친구를 잃은 슬픔을 가슴 깊이 묻어둔 채, 일사불란하게 귀가 준비를 서둘렀다. 영광의 상처를 안은 소년들은 들뜬 마음으로, 미끄러운 나무 길을 성큼성큼 걷고 껑충껑충 뛰고 데굴데굴 구르면서 씩씩하게 발걸음을 재촉했다. 어제는 두렵기만 하던 한낮의 뇌우도 음악처럼 들렸다.

저녁 무렵, 소년들은 카누를 타고 마을로 돌아왔다. 이제 소년들은 완전한 성인이 되었다. 어른들은 입이 마르도록 소년들의 용맹을 칭찬했으며, 몸에 난 영광의 상처들을 대견한 눈빛으로 바라보았다. 소년들은 호랑이에게서 훔쳐 온 힘과 용기, 그리고 민첩성을 여러 사람들 앞에서 증명해 보였다. 성인식을 치르는 동안 사람들은 나후에의 칡넝쿨을 불에 태웠다. 그의 이름은 칡넝쿨과 함께 잿더미 속으로 사라져갔다. 이제 나후에는 셀바섬에 사는 늙은 얼룩 반점의 가죽 안에서, 앞으로 그를 비웃으러 올 어린 사냥꾼들의 몸속에 자신의 발톱을 찔러 넣을 때를 기다리며 먹이 사냥을 준비할 것이다.°

° 하늘을 나는 호랑이에게 잡아먹힌 영혼은 다시 하늘을 나는 호랑이로 부활해 이듬해에 성인식을 치르러 온 소년들을 공격한다.

덤불 인간

셀바섬의 하늘을 나는 호랑이

하늘을 나는 뱀

나무 길

거꾸로 내리는 비

54 —— 붉은 강 나라에서 지조틀인의 나라까지

신혼부부의 방

신혼부부
하늘을 나는
호랑이의 사냥은
약혼의 계절이
돌아왔음을
알려주는 신호다.

휘파람 칡넝쿨 지대

셀바섬 주변 군도의 나무 위 마을

· S · 셀바섬 —— 55

Le pays des Troglodytes

달을 숭배하던 동굴족의 번영한 문명은 지진 때문에 완전히 붕괴되어 폐허가 됐다. 수년 전부터 도굴꾼들과 예술 애호가들이 그 유적지를 호시탐탐 노렸지만, '가려진 날'이라는 축제에 관한 유적을 최초로 발굴해낸 자는 이폴리트 드 퐁타리드였다.

유령의 문 · 두 발 달린 노새 · 동굴 나라 귀족들
무시무시한 지진 · 달의 숭배 · 셀레나이트석 · 눈꺼풀 덮어주기
'가려진 날'의 축제 · 사진사 이폴리트 이야기

· T ·
동굴 나라

"제대로 된 여행을 하려면 일단 거치적거리는 게 없어야 해. 툭하면 없어지는 상자에 쉬 고장나는 연장, 잘 찢어지는 천막에 걸핏하면 부서지는 트렁크까지……. 아무튼 이 자질구레한 것들은 팔이 떨어져나갈 만큼 무거운데다 간수하는 데에도 몹시 신경을 써야 한단 말이지."

사진사 이폴리드 드 퐁타리느°는 길모퉁이를 돌 때마다 있는 대로 투덜댔다. 이폴리트는 자신 역시 다른 무거운 짐들과 별반 다를 게 없다는 것을, 그를 짊어진 짐꾼의 어깨를 칠십사 킬로그램이나 되는 자신의 육중한 몸이 짓누르고 있다는 것을 새카맣게 잊어버린 듯했다.

○ 지진으로 폐허가 된 동굴 나라의 유적과 유물을 촬영하기 위해 수차례 동굴 나라를 방문한 사진사이다.

동굴 나라의 길들은 어디를 가나 상태가 안 좋았다. 좁고 울퉁불퉁할 뿐 아니라 조금만 방심해도 길가의 바윗돌이 발아래 절벽으로 굴러떨어졌다. 이곳을 처음 여행한 사람이 쓴 옛날 기록에서도 "안장도 고삐도 쓸모가 없으며, 바퀴 달린 것이 지날 수 있는 길은 어디에도 없는 나라"라는 글귀를 볼 수 있었다.

세월이 흘렀지만 이곳에서는 여전히 단단한 몸을 가진 야무진 짐꾼들이 모든 것을 운반했다. 어깨는 떡 벌어지고, 두 발은 낙타 발굽처럼 넓적했으며, 덥수룩한데다 기름기까지 흐르는 머리카락이 마치 커튼처럼 얼굴을 덮고 있었다. 겨울이면 거대한 털북숭이 동물들이 그렇듯 숨을 쉴 때마다 입김이 작고 하얀 구름이 되어 수북한 털숲 사이를 비집고 나오곤 했다.

이폴리트는 동굴 나라의 옛 귀족들이 자주 사용하던 '두 발 달린 노새'라는 말을 생각해내고는 무릎을 쳤다.

'딱 맞는 말이야. 고집스럽고 융통성 없기가 꼭 암노새 같잖아!'

하지만 털북숭이 짐꾼들 말고는 달리 길을 갈 방법이 없으니 어찌하랴! 그들은 출발할 때 몸을 조금씩 앞뒤로 흔들면서 중심을 잡곤 했다. 그렇게 자세를 잡은 뒤엔 꼿꼿이 선 탑처럼 단 한 순간도 균형을 잃지 않았다. 까마득한 낭떠러지 위에 아슬아슬하게 걸린 줄을 건너면서도 결코 흔들리는 법이 없었다.

4세기나 지난 지금, 귀족들도 사라지고 절벽 아래의 거대한 궁전도 잿더미가 되었지만 짐꾼들의 쓸모만큼은 변함이 없었다.

이폴리트는 짐꾼들을 빌리면서 라자르에게 통역과 길 안내를
부탁했다. 라자르는 이미 두 번이나 그의 조사에 동행한 적이 있

었다. 물론 이폴리트는 라자르가 사기꾼에 도둑놈 기질까지 갖춘 교활한 사내라는 걸 매우 잘 알고 있었다. 하지만 라자르 덕분에 여러 가지 귀찮은 일로부터 해방될 수 있어 좋았다. 그는 이런 종류의 탐험에서 어쩔 수 없이 해야 하는 일들, 예를 들어 발굴 허가와 통행증 발급, 식량을 채우는 일뿐 아니라 짐꾼들의 세금 문제를 해결하기 위해 조무래기 군주들에게 뇌물을 주는 일까지 척척 알아서 처리해주었다.

 옛날에는 그토록 강한 권력을 지녔던 나라가 지금은 대로에서 멀찌감치 떨어진 채, 과거의 유적을 흥정하면서 근근이 살아가고 있다는 것이 바로 이 나라의 괴로운 현실이었다. 동굴 나라의 폐허를 구경하려는 사람들의 발길이 여기저기에서 끊이지 않고 이어졌다. 하지만 용케 남아 있는, 낭떠러지 아래에 자리한 옛 궁궐의 벽 한쪽이라도 보기 위해서는 우선 인내심으로 마음을 다독일 필요가 있었다. 세관에서 궁궐로 가는 길을 막아놓은 것도 모자라 할 일 없는 군인들까지 몰려나와 진을 치고 있었기 때문이다. 군인들은 항상 졸고 있다가도 새로운 여행객들이 올 때에만 눈을 떴다. 그러고는 잠이 덜 깬 듯 다소 얼빠진 표정으로 여행객들에게 엄청난 액수의 통행료를 요구했다.

 얼마 전부터 이곳에서는 유적을 연구하는 고고학자들과 썩은

뼈도 마다하지 않고 달려드는 도굴꾼들 간에 치열한 경쟁이 벌어졌다. 하지만 이폴리트 드 퐁타리드는 경우가 달랐다. 그는 고고학자 같은 기생자도 아니고, 도굴꾼 같은 포식자도 아니었다. 단지 유물을 보존하고 이를 증명하기 위해 사진을 찍을 뿐이었다. 군인들은 강탈하듯 돈을 빼앗아 갈 것이 아니라, 오히려 돈을 대주어야 마땅했다. 더군다나 사진은 아직까지 생소한 분야로 거의 마술에 가까운 전문 기술은 물론이요, 여러 가지 부대 장비까지 골고루 갖춰야만 했다. 이폴리트가 불편함을 참아가면서까지 무거운 장비들을 끼고, 흔들리는 짐꾼의 두 어깨에 몸을 맡기는 것도 다 이런 이유 때문이었다.

협로에 다다른 이폴리트는 텐트를 치라고 명하고는 맞은편 벼랑을 쳐다보았다. 커다란 구멍이 뚫리고 조각이 새겨진 벼랑의 모습은 언제 보아도 장관이었다. 그는 지도에 벼랑의 모습을 그려 넣고는 '유령의 문'°이라는 침울한 이름을 붙여주었다.

협로의 맨 끝에는 직각으로 길게 뻗은 계곡이 펼쳐져 있었는데, 협로와 합치면 알파벳의 T자와 비슷한 모양이 됐다. 이 계곡의 절벽들은 수천 개의 무덤을 지붕처럼 덮고 있었다. 바로 동굴 나라에서 신분이 가장 낮은 '아무런 연고도 없는 사람들'의 것이었다.

° 동굴족들이 살던 지하 동굴의 입구를 이름하는 말이다.

이폴리트 일행은 거대한 암벽의 발치에 여장을 풀었다. 하늘이 길고 가느다란 복도처럼 보일락 말락 한 탓에 초저녁인데도 한밤중처럼 어두컴컴했다. 짐꾼들은 저희들끼리 모여 뭔가를 와자지껄 상의하더니 이내 화가 난 듯 라자르에게 언성을 높이기 시작했다. 어둡고 음습한데다 위험천만한 이런 곳에서는 결코 야영을 할 수 없다는 얘기였다. 몇 번을 어르고 달랜 끝에야 짐꾼 중 둘에게서만 이곳에 남겠다는 대답을 받아낼 수 있었다. 그것도 보수를 곱절로 올려 받는다는 조건하에!

"흥, 갈 테면 가라지! 너희들 없이 나 혼자서도 충분하니까."

이폴리트는 담배에 불을 붙이면서 투덜거렸다.

통역관이 식사를 준비하는 동안 이폴리트는 천막에서 짐을 정리했다. 그는 트렁크 안에서 책을 몇 권 꺼내어 접이식 탁자 위에 올려놓았다. 『동굴족의 역사와 1546년 동굴 나라를 사라지게 만든 끔찍한 지진에 대하여, 발타자르 신부』, 『셀레나이트 개론과 지하 세계에 대한 다른 의문들』, 『제르베 텔레마크의 지하 왕국으

로의 대여행』이 그 책들의 제목이었다. 그는 탁자 위에 동굴 나라의 지도와 옛 기록들을 펼쳤다. 잠시 후, 통역관이 와서 저녁 식사가 준비되었음을 알렸다. 이폴리트는 자신의 연구를 실행에 옮길 장소에 닿은 것을 자축하며 최상품인 보르도산 포도주병의 마개를 땄다.

천막으로 돌아온 이폴리트는 동굴족에 관한 기록들을 다시금 읽어보았다. 지독한 구두쇠에 괴짜인 동굴 나라 귀족들은 틀에 박힌 예의범절을 매우 중시했으며, 자신보다 신분이 낮은 사람에게는 한없이 교만하게 구는 습성이 있었다. 또한 그들은 매우 부유했다. 백성들이 땅속에서 캐낸 셀레나이트[광물 석고의 결정을 이루는 물질] 덩어리를 황금과 동일한 가격에 팔아서 있는 대로 돈을 긁어모았다. 심지어 두 발 달린 노새라고 깔보던 짐꾼들에게까지 꼬박꼬박 세금을 받아 챙겼다. 그들은 별 의미 없는 동맹을 맺고 끊는 데 대부분의 시간을 보냈고, 질투와 원한으로 이 갈기, 친자 관계 확인하기, 대귀족과 소귀족 간에 사소한 일로 싸우기, 시시콜콜 혈통 따지기, 가난한 사람들에게 받은 모욕을 조금씩 되갚아주기 등을 소일거리로 삼았다. 셈에 밝고 외교적 수완이 뛰어나며, 이익이 된다면 아주 먼 곳의 사람들과도 일을 꾸밀 만큼 약삭빨랐다.

동굴족들의 뛰어난 활약상은 마치 지하에 펼쳐진 신비하고 비밀스러운 미로들처럼 세상 곳곳으로 퍼져나갔다. 그들이 살고 있는 저택 안의 복도는 끝이 보이지 않을 정도였고, 계단은 숨은 그림처럼 감춰져 있었으며, 수많은 지하 감옥과 벽을 파서 만든 비밀 창고에는 귀한 양탄자와 식기류 등이 빼곡히 들어차 있었다. 그들은 아주 멀리까지 제국의 힘이 뻗치기를 바랐기에, 기회만 있으면 딸들을 팔아 새로운 동맹 관계를 맺었다. 대사들은 궁전 내에서 으스대며 걸어다녔고, 관리들은 뒷전에서 술책을 도모하였다.

요약하자면, 발타자르 신부는 귀족들의 지나친 거만함과 잔꾀와 사악함 때문에 동굴 나라는 신의 심판을 자초했다고 적고 있었다. 그의 말에 따르면 당시에 발생한 지진은 분노한 신이 동굴 나라에 내린 벌이었다. 그렇지 않고서야 동굴 나라가 그토록 갑작스레 종말을 맞을 이유가 없다는 것이다.

이폴리트는 발타자르 신부가 그리 자비로운 사람은 아닐 거라고 생각했다. 하지만 분명한 사실은, 그토록 화려했던 한 나라가 불과 하룻밤 사이에 흔적도 없이 사라졌다는 것이다. 간신히 죽음을 모면한 사람들은 가족들을 궁전에서 멀리 떨어진 곳으로 피신시켰다. 궁전은 여기저기 움푹 파이고 땅이 푹 꺼진 초라한 집으로 변했다. 그나마 피해가 덜한 귀족들은 황폐해진 땅으로 되돌아왔고, 자연스레 하층 신분인 아무런 연고도 없는 사람들, 두 발 달린 노새들, 기술자, 실직한 광부들과 뒤섞여 살게 되었다.

밤이 되자 추위가 몰려왔다. 담요로 어깨를 감싼 이폴리트는 담배에 불을 붙이면서 코냑을 한 잔 따라 마셨다. 동굴 나라의 황금기에 만들어진 작은 봉헌용 조각이 탁자 위에서 부드러운 빛을 발하고 있었다. 그 투명한 돌은 셀레나이트석으로 만든 것으로 오팔처럼 부드러운 흰색에 달빛처럼 은은한 빛을 띠며, 천체의 변화에 따라 빛의 세기가 달라졌다. 사람들은 셀레나이트석이 어두운 지하에서도 희미하게 빛을 발할 거라고 믿으면서, 그 돌이 '잉태된' 광맥을 찾아 땅속 깊은 곳까지 내려갔다. 광부들은 캐낸 셀레나이트를 검은 천에 꼭꼭 싸서 운반했다. 그래야만 태양의 열기를 피하면서, 깨뜨리지 않고 지상까지 안전하게 가져갈 수 있었다. 광산은 파괴되기 전까지 동굴 나라의 부를 지탱해주는 주요한 원천이었다. 사람들은 셀레나이트석을 다듬어 보석을 만들었고, 거울과 잔도 빚어냈다. 보름달이 뜨는 밤이면 귀족들은 셀레나이트석으로 만든 잔에 깨끗한 물을 담아, 찰랑거리는 물 위에 비치는 만월의 완벽한 원을 감상하며 물을 마셨다.

동굴족은 다른 민족들과는 다른 독특한 성향을 띠고 있었다.

보름달이 뜨는 밤이면 귀족들은 셀레나이트석으로 만든 잔에 깨끗한 물을 담아, 찰랑거리는 물 위에 비치는 만월의 완벽한 원을 감상하며 물을 마셨다.

'달이 기분을 좌지우지하다니, 이상한 족속들이야!' 하고 이폴리트는 생각했다.

　동굴족은 달이 하늘 한가운데서 완벽하게 둥근 상태로 밝은 빛을 비추고 있을 때를 성장기로 보고 이 시기에만 모든 일을 처리하려고 했다. 반대로 달이 기우는 시기에는 만사에 무기력해지면서 다음 초승달이 뜨기만을 기다리며 시간을 보냈다. 또한 그들은 희고 창백한 얼굴을 자랑스레 여겼다. 백성들이 뜨거운 태양 아래에서 피부를 새카맣게 그을리고 있을 때에도. 그렇다. 동굴 나라에서는 밤이 낮을 제 발아래에 부리고 있었다……. 이폴리트는 이러한 내용을 읽다가 잠이 들었다.

　새벽이 되자, 라자르가 그를 깨웠다. 두터운 안개막이 계곡 전체에 드리워져 있었다. 짐꾼 중 하나가 물을 찾으러 갔다. 이폴리트는 간단히 세수를 한 다음 커피 한 잔으로 남은 잠을 털어냈다. 햇빛이 머리 위에 있는 동굴의 천장 위로 조금씩 내려앉기 시작했다. 지난 번 여행에서는 화가와 건축가로서의 재능까지 죄다 끌어모은 결과, 빛과 어둠의 완벽한 조화 아래 웅장함을 자랑하는 동굴 입구의 모습을 고스란히 재현해낼 수가 있었다. 하지만 높고 둥근 천장을 한, 동굴 내부의 방을 장식하고 있는 벽화들은 제대로 나온 게 하나도 없었다. 더군다나 몽둥이 같은 무기를 흔들고 있는 괴물들의 모습을 기억해내는 데는 너무나 많은 시간이 걸렸다. 특히 두상은 끝내 기억이 나지 않았다.

벽화의 주인공들은 유령의 문을 지키고 무덤 계곡의 영혼들을 보살펴주는 일종의 수호신이었다. 역사학자들에 의하면 그들의 눈은 셀레나이트석의 분말로 그려졌으며, 보름달이 뜰 때 가장 무시무시한 빛으로 타올랐다가 날이 갈수록 촛불처럼 그 빛이 잦아든다고 했다. 하현달이 뜨고 수호신의 눈꺼풀이 다 감기면, 귀족들은 잠을 자지 않고 밤새도록 징을 울려댔다. 수호신들이 잠에 빠진 동안, 유령의 문을 뚫고 궁전으로 몰래 들어오려는 나쁜 귀신들을 멀리 쫓아내기 위해서 말이다. 그들은 조바심을 내며 다시 상현달이 떠오르기를 기다렸다. 유령의 문은 그들에게 일종의 두려움의 통로였던 것이다.

이폴리트는 가져온 장비들의 목록을 살펴보았다. 다행히 잃어버린 것은 없었다. 깨지고 부서지기 쉬운 물건들, 즉 암실과 렌즈판, 작은 용기들, 그가 엄청난 값을 치른 십여 개의 작은 셀레나이트 덩어리들이 완벽한 상태로 보관되어 있었다. 그는 이 셀레나이트를 사기 위해 전 재산의 반을 쏟아부었다. 라자르를 믿고 일을 맡긴 것은 잘한 일이었다. 라자르는 솜씨 좋은 짐꾼들을 골라 적절하게 짐을 나누어주고, 여행 동안 필요한 두 달분의 식량을 알아서 챙겨둘 만큼 똑똑한 친구였다.

이폴리트는 예상치 못한 돌발 사태가 생기기 전에 모든 일을 마무리 짓고 싶었다. 지난번 여행 때, 그는 야영지에서 약 삼 킬로미터 정도 떨어진 지점에서 무너진 흙더미와 그 사이로 난 길을 발견하였다. 그때부터 그는 유령의 문에 관한 자료들을 있는 대로 긁어모았다. 지도와 계획표, 잔, 증인들…… 모든 것이 일치했다. 그 무너진 더미는 바로 동굴 자리였고, 유령의 문은 지진으로 인해 자취를 감추었던 것이다. 하지만 내실의 일부가 무너진 흙더미로 가로막혀 있어서, 벽화는 훼손되지 않은 채 남아 있을 가능성이 높았다. 바로 이런 이유 때문에 이폴리트는 동굴 나라에 다시 온 것이다. 벽화에 마음을 빼앗겼던 그는 이렇게 생각했다. '벽화의 수호신 중 하나라도 사진에 담아야 해. 안 그러면 모든 작업은 헛된 실패로 끝나고 말 거야.'

그는 라자르와 함께 나침반을 들고 벼랑을 살펴보러 갔다. 둘은 마지막 동굴 위로 불쑥 튀어나온 널빤지 모양의 돌출부를 지나 계속 위로 올라갔다. 드디어 지도에 나와 있는, 단층이 시작되는 지점인 울퉁불퉁한 돌기 부위에 이르렀다. 이폴리트는 전등의 불을 밝히고, 조심스레 발을 옮겼다. 그러고는 몸을 최대한 작게 웅

크려 바위 아래로 들어갔다. 무너진 바위벽은 구불구불하게 이어져 있었다. 한 시간쯤 후에 라자르가 그를 뒤따라왔다. 두 사람은 각자 본 것들을 서로 맞추어보았다. 하지만 어디에서도 입구는 찾을 수 없었다. 방법은 잔해 아래로 구멍을 파는 것밖에 없었지만 돌의 두께 또한 만만치 않았다.

두 사람은 크게 실망하여 발길을 돌렸다. 그런데 아주 우연하게 라자르가 통로가 될 만한 곳을 발견해냈다. 이미 열 번도 넘게 지나다닌 곳이었지만, 갈라진 틈이 보루 장식에 가려져 있어 쉽게 눈에 띄지 않았던 것이다. 그 틈에는 자연적으로 형성된 계단이 숨어 있었는데, 그 계단을 따라 내려가려면 몸을 비스듬하게 기울이는 수밖에 없었다. 서로의 몸을 밧줄로 연결한 채 조심스레 계단을 따라 내려가던 이폴리트와 라자르는 계단 끄트머리에서 작은 방 하나를 발견했다. 발아래 땅속에서는 텅 빈 듯한 소리가 울렸다.

이튿날, 두 사람은 남아 있는 짐꾼과 흙을 운반할 수 있는 장비들을 가지고 다시 계단 입구로 왔다. 우선 곡괭이질을 해 사람이 쉽게 드나들 수 있을 만큼 입구를 넓힌 다음, 이폴리트가 몸을 끈으로 묶고 아래로 내려갔다. 드디어 그림이 그려진 거대한 방이 전등 불빛에 그 모습을 드러냈다. 뒤이어 라자르와 짐꾼들이 한 명씩 차례로 합류했다. 불빛에 드러난 광경은 숨을 멎게 할 만큼 장관이었다.

화려한 색깔로 채색된 옷을 차려입은 백여 명의 수호신들이 다양한 자세로 동굴 벽면을 가득 메우고 있었다. 그들은 몽둥이와 밧줄, 혹은 복잡한 모양으로 생긴 도끼를 휘두르며, 금새라도 침입자를 향해 달려들 기세였다. 두 짐꾼은 그 생생한 광경에 매료되어 아무 말도 하지 못했다. 동굴 안이라 윙윙 울리는 목소리로 주절거리는 것을 멈추지 않는 이폴리트가 불경스러워 보이기까지 했다. 희미한 전등 불빛은 사라져버린 세계를 비춰주었다. 까마득한 옛날의 연약한 떨림이 되살아나는 순간이었다.

이폴리트는 벽화 쪽으로 다가갔다. 그는 사진사의 세심한 눈으로 벽화의 표면을 덮고 있는 물감의 작은 점 하나까지도 꼼꼼히 관찰하였다. 수호신들은 모두 눈을 감고 있었고, 눈꺼풀이 눈 위에 그려져 있었다. 이폴리트는 왜 수호신들의 눈꺼풀이 눈 위에 그려져 있는지 알고 있었다. 그 이유는 지진이 '가려진 날'의 축제 기간 중에 일어났기 때문이다.

동굴족들은 음력을 사용했다. 하지만 이 지방에 사는 다른 종족들이 그랬던 것처럼 태양의 주기와 일치시키려고 노력했다. 음력 달[月]은 양력 달보다 짧기 때문에, 태양의 주기를 따라잡기 위해서는 삼 년에 한 번씩 한 달을 끼워 넣어야만 했다. 공휴일로 정해진 그 달은 바로 가려진 날의 축제 기간이기도 했다.

눈꺼풀을 덮는 의식이 열리는 가려진 날. 사람들은 새로운 해가 시작되기를 바라며 수호신들의 눈 위에 물감으로 눈꺼풀을 씌웠고, 삼십 일이 지난 후에는 눈꺼풀을 여는 의식을 치렀다. 이 기간 동안, 귀족들은 자신들의 지위를 버리고 아무런 연고도 없는 사람들의 왕을 섬겼다. 아무런 연고도 없는 사람들의 왕이란 사람들에게 혐오감을 주는 떠돌이 방랑자 중, 가려진 날 축제에서 최고 왕으로 선발된 자를 말한다. 귀족들은 그를 가마에 태운 다음, 그가 명령하는 것은 무엇이든 들어주었다. 매일 밤 백성들은 무리를 지어 유령의 문 앞에 모여들었고, 술과 노래와 춤을 즐기며 벽화가 그려진 동굴 안에서 온갖 소란을 다 피워댔다. 제어할 수 없는 광기가 온 마을을 지배했다. 아무도 예의범절을 지키지 않았고, 신분 간의 금기는 온데간데없이 사라졌으며, 밤마다 형형색색의 불빛들이 열에 들떠 몽롱해진 사람들의 그림자를 만들어냈다.

수호신들은 눈을 가린 눈꺼풀 때문에 사람들이 미쳐 날뛰는 것을 볼 수 없었다. 하지만 수호신들이 그렇게 눈을 감고 있는 사이, 무덤 계곡의 지옥에 떨어진 귀신들이 축제를 구경하러 오지 않는다고 누가 장담할 수 있겠는가?

이폴리트는 손수건에 물을 적신 다음, 악마의 가려진 한쪽 눈꺼풀을 세심하게 닦아냈다. 그러자 셀레나이트 가루로 그려진 눈의 흰자위가 살짝 빛을 발하며 드러나기 시작했다. 이폴리트는 두 번째 눈꺼풀도 열었다. 드디어 잠자던 수호신이 삼백 년이 넘는 긴 잠에서 깨어난 것이다. 이제는 놀란 짐꾼들이 눈을 가릴 차례였다. 라자르는 그들을 진정시키려 애썼지만 무섭기는 매한가지였다. 짐꾼들은 깨어난 수호신을 아직 잠들어 있는 다른 신들 사이에 그냥 내버려둔 채 한 사람씩 동굴을 떠났다…….

"빌어먹을 장비들!" 그는 벽화가 있는 동굴까지 모든 장비를 운반하느라 이 주일이나 고생을 해야 했다. 부지런히 걸으면 한 시간 반이면 충분한 거리를 꼬박 십사 일이나 걸려 겨우 도착한 것이다. 틈새 부위를 넓히고 지주를 세우고, 계단을 만든 뒤 장비를 담은 상자들을 옮겨 와야 했으며, 암실을 만들기 위해 꽤 널찍한 공간을 평평하게 다져야만 했다. 그뿐이 아니었다. 동굴에서 울리는 콩알만 한 소리에도 귀신 소리라며 뒷걸음질치는 짐꾼들과 라자르를 수시로 다독이는 것까지 죄다 이폴리트의 몫이었다. 그는 할 수 있는 최선을 다했다. 위협도 하고 애원도 하고 달래보기도 하고, 야단도 쳤다. 그렇게 해봐야 채 반나절을 넘기기도 힘들었지만.

· T · 동굴 나라 — 75

이폴리트는 끼니도 동굴에서 해결하면서 쉬지 않고 작업에 몰두했다. 사다리 위에 걸터앉아 미지근한 물에 적신 천으로 감겨진 눈꺼풀을 모두 닦아냈다. 그런 다음 수호신들의 눈빛 아래에서 현상액을 붓고 렌즈를 닦고 원판통을 씻었다. 그는 이보다 더 행복할 수가 없었다. 휘파람이 저절로 나왔다. 그는 달빛을 배경으로 한 벽화들을 사진에 담는다는 기발한 생각을 해냈다. 하지만 방법이 문제였다. 동굴의 무너진 벽면에 창을 내려면 우선 몇백 톤의 돌들을 옮겨야 하므로 사실상 불가능했다. 그러나 이폴리트 드 퐁타리드의 생각은, 셀레나이트의 신비로운 빛을 이용하자는 것이었다. 그는 열 개의 셀레나이트 덩어리를 각각 다른 자리에 배치하여, 그들의 빛이 벽화가 그려진 벽면 쪽으로 집중되도록 설치했다. 암실은 벽면과 마주 보고 있었다. 작업할 시간은 충분했고, 이제 남은 것은 완벽에 가깝게 현상된 음화陰畵를 얻어내는 일뿐이었다. 하지만 셀레나이트들이 최대한 빛을 발하기 위해서는 둥근 보름달이 떠올라야 했고, 그러려면 아직 며칠 밤을 더 기다려야만 했다. 할 수 없이 그 투명한 돌들은 검고 두꺼운 천에 싸인 채 잠시 동안 휴식을 취해야만 했다.

이폴리트는 첫 음화를 찍고 싶은 마음에 더 이상 기다릴 수가 없었다. 훼손되지 않은 벽화가 남아 있는 유일한 동굴을 발견한데다, 마술 같은 사진 기술에 최신식 장비까지 삼박자를 모두 갖추지 않았는가. 그는 사진이라는 새로운 예술 세계의 거장이며, 재능에 운까지 겸비하고 있었다. 벼랑의 반대쪽에 숨어 있던 달이 상현달로 서서히 차오르는 동안, 그는 음화 작업을 서둘렀다. 천을 벗긴 셀레나이트들은 투명하고 윤기 나는 엷은 빛을 발했다. 그 빛은 동굴의 어둠을 몰아냈고, 부드러운 손길처럼 경이로운 수호신들의 형상을 어루만져 주었다. 초점 렌즈로 보면 모든 피사체의 상이 거꾸로 보였다. 렌즈로 본 수호신들은 주름진 옷자락에 휘감겨 두 눈을 부릅뜬 채 몽둥이로 땅바닥을 짚고 물구나무를 선 것처럼 보였다. 그는 십여 개의 원판을 노출하고 현상했으나 전부 실패였다. 원판은 노출 부족으로 빛을 읽지 못하였다. 그런데 이상한 것은 벽화도 점차 빛을 잃어간다는 것이었다. 생명의 불이 점차 꺼져가듯이!

이폴리트는 일을 계속해야 할지 멈춰야 할지 망설이다가 천으로 싼 셀레나이트 덩어리를 들고 야영지로 돌아왔다. 며칠 동안 그는 절망에 빠져 있었다. 하지만 너무나 깨끗하게 빛나는 밤하늘을 본 뒤 다시금 용기를 얻었다. 모든 것을 걸겠다는 결심으로 그는 보름달이 뜬 밤에 동굴로 내려갔다. 그러고는 시간이 되기를, 천체가 하늘에서 정점에 이르기를 손꼽아 기다렸다. 자정이 되자

셀레나이트들의 투명하고 윤기 나는 빛은 동굴의 어둠을 몰아냈고
부드러운 손길처럼 경이로운 수호신들의 형상을 어루만져 주었다.

그는 셀레나이트석을 덮었던 천을 조심스레 벗겨냈다. 꿈처럼 황홀한 빛이 수백 개의 형제 별들과 함께 영롱한 빛으로 동굴 안을 환하게 밝혀주었다. 그 별들이란 바로 벽에 그려진 수호신들의 눈이었다. 그들의 검은 눈동자는 무지갯빛으로 아롱진 흰자위 한가운데서 마치 보석처럼 빛나고 있었다.

이폴리트는 빛이 들어오지 않도록 사진기를 덮어씌운 천 속으로 들어갔다. 그가 셔터를 누를 때마다 마치 빛을 먹어치우는 짐승에게 덥석 물리기라도 한 것처럼 벽화의 색깔들이 조금씩 희미해져갔다. 그리고 동굴은 어둠에게 잡아먹힌 듯 암흑으로 되돌아가 있었다. 더욱 낭패인 것은 음화들이었다. 이폴리트는 현상한 음화들을 보고 불안과 실망을 감출 수가 없었다. 원판에는 아무것도 없었다. 매우 흐릿하고 불분명한 그림자만이 보일락 말락 원판 위를 어른거릴 뿐이었다.

셀레나이트 덩어리들도 쓸모없어지기는 매한가지였다. 만약 그것이 돌이 아니라 살아 있는 생물이었다면 병이 났다거나 시련으로 녹초가 되었다고 표현하는 게 더 어울렸으리라. 우아하고 기품이 넘치던 흰빛은 흔적 없이 사라져버렸고, 대리석의 얼룩처럼 탁한 회색 반점이 생겨났다. 일종의 묽은 시멘트 반죽 같은 탁함이 중심핵인 광원까지 침범하여 반짝거리던 표면까지도 흐릿해져 버렸다.

라자르와 짐꾼들은 짐을 쌌다. 길은 잘 닦아놓았으므로 장비들을 야영지까지 옮기는 것은 전처럼 어려운 일이 아니었다.

이튿날, 이폴리트는 황급히 음화가 든 상자를 뒤져 유리판을 꺼냈다. 그것들은 하나같이 우울한 회색빛을 띠고 있었다.

불같이 화가 난 그는 유리판을 차례차례 깨뜨리는 것만으로는 모자라 모든 짐 가방들을 도끼로 내리쳤다. 거기에는 값비싼 암실 장비들도 들어 있었다.

"내 앞에서 벽화니 그림 동굴이니 하는 소리를 하기만 해봐. 누구든 가만두지 않을 테니. 홍, 모든 게 다 듣기 좋은 거짓말이지! 젠장, 내가 찍은 거라곤 안개밖에 없다구!"

그는 바위 위에 털썩 쓰러져, 오랫동안 아무 말도 하지 않았다. 리지르는 그를 위로힐 수 있는 말을 찾아내려고 애를 썼고, 두 짐꾼들은 여느 때와 마찬가지로 입을 꾹 다물었다.

이튿날, 네 사람은 상심한 이폴리트의 마음처럼 사방에 흩어진 유리 파편들을 뒤로하고 그곳을 떠났다.

며칠이 지난 뒤, 두 짐꾼은 조용히 그 계곡으로 돌아왔다. 그들은 주위를 거닐면서 고개를 수그리고 여기저기 쌓여 있는 조각들을 파헤쳤다. 둘 중 젊은 짐꾼이 갑자기 몸을 일으키면서 탄성을 내

질렀다. 그의 손에는 유리 조각이 하나 들려 있었는데, 그것은 이폴리트가 깨트린 음화의 일부였다. 그는 유리 조각에 입김을 불고 소매로 문질렀다. 곧 회색 유리판 위로 달빛이 비치자 마치 밑바닥에서 무언가가 떠오르듯이, 서서히 형상들이 나타나기 시작했다.

그것은 동굴의 수호신들이었다. 하지만 이상하게도 그들은 모두 눈꺼풀이 다시 칠해져 있었다. 이번엔 춤추고 노래 부르는 사람들의 모습이 벽화 속 수호신들보다 훨씬 더 뚜렷하게 떠오르기 시작했다. 그들은 동굴 나라의 옛 귀족들과 '아무런 연고도 없는 사람들'이라 불리던 백성들이었다. 이폴리트가 잠들어 있던 수호신들의 눈꺼풀을 벗겨냄으로써 한 해의 마지막도, 다음 해의 시작도 아닌 그 애매한 시간 속에 갇혀 있던 존재들을 다시금 세상에 데려다놓은 것이다. '가려진 날' 축제의 유령들을 사진으로 재현해낸 것이다.

셀레나이트석은 달빛과 유사한 빛을 내뿜는다. 캐낸 셀레나이트석은 햇빛에 노출되지 않도록 검은 천으로 감싸 지상으로 옮겨야 한다.

폐허 속에서 일하고 있는 이폴리트 드 퐁타리드

발타자르 신부

셀레나이트 광산

셀레나이트석으로 만든 봉헌용 소형 조각물

지진

눈꺼풀을 닫는 의식

동굴 나라의 귀족 부부

'가려진 날'의 축제

도굴꾼들

'두 발 달린 노새들'

·T· 동굴 나라 —— 83

Le désert d'Ultima

경비행기 탐험가들이 최근 우연히 발견한 미지의 대륙에서 특이한 경주가 벌어진다. 각국의 국기를 매단 전차를 탄 열두 나라의 경쟁자들은 사막 끝에 있는 울티마 바위까지 제일 먼저 도착하는 것을 목표로 한다.

신 식민지 새로운 땅 · 드넓은 사막과 울티마 바위 · 최첨단 전차들의 경주
사막 횡단 전차의 총지휘자 · 두 토마라비호의 싸움 · 가죽 포대를 든 주술사
회오리바람 · '거대한 갑충의 무덤' · 오네심 티폴로 이야기

·U·
울티마 사막

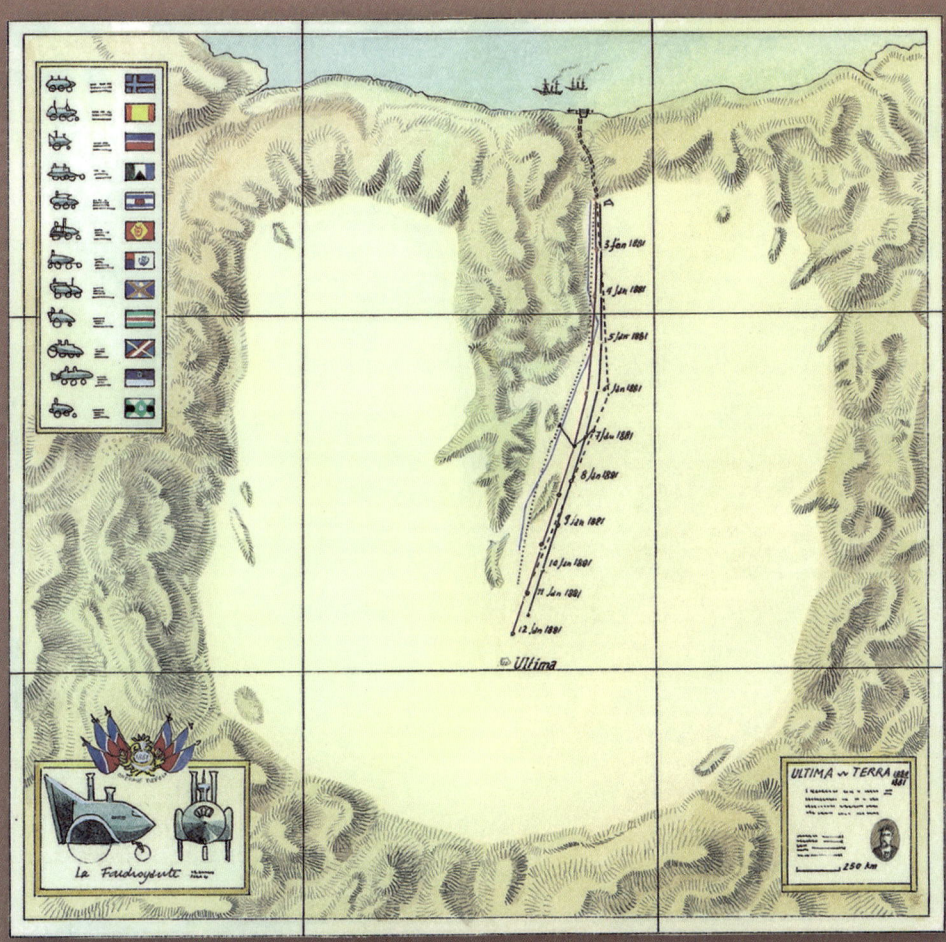

　오네심 티폴로는 금속 사다리를 타고 승강구로 나왔다. 조종사들은 기구의 줄을 감아 모선에 고정시켰고, 이어 조종석에 앉아 있던 장교 한 명이 일과를 보고하기 위해 기구에서 내려왔다. 그는 먼저 오네심에게 경례를 한 뒤, 보고서를 제출했다.

　보고서에는 "날씨 잠잠, 시야 매우 양호, 바람 매우 약함"이라고 적혀 있었다. 언제나처럼 그들이 타고 있는 맹렬호°가 선두를 유지하고 있었다. 지평선 저 멀리에서 선두 주자들이 작은 깃털 무늬만 하게 보였으며, 그 밖의 다른 경쟁자들은 아예 보이지도 않았다. 하지만 오네심은 그 정도는 별로 대수롭지 않은 일이라는 듯 고개를 끄덕이며 물었다.

° 오네심이 제작한 최첨단 사막 횡단 전차로, 세계 최강으로 꼽히는 12개국의 전차들 중 그 성능이 단연 으뜸이다.

"다른 보고 사항은?"

"전차 하나가 경로에서 벗어나 까마득히 뒤처져 있습니다. 기계 손상 때문인지 조종술이 미흡해서인지는 잘 모르겠으나 어쨌든 위험한 상태입니다. 신호를 보내서 알려줄까요?"

오네심은 어떻게 해야 할지 고민하느라 한쪽 눈썹을 치켜올렸다. 그러나 아무 대답도 하지 않은 채 보고서에 서명을 하고는 장교에게 돌려주었다. 그는 전차 앞머리 쪽으로 걸어가면서 구름 한 점 없는 하늘에 뜬 첫 별들을 잠시 관찰했다. 윈치[도르래를 이용해서 무거운 물건을 들어 올리는 기계]로 들어 올려진 탐색용 기구는 소형 격납고에 보관되었고, 장교와 승무원 들은 승강구를 통해 차례로 조종실로 내려갔다.

조종실은 어두웠고, 계기판의 희미한 불빛만이 얼굴 위로 어른거리며 유령 같은 형상을 만들어냈다. 전차 내부에서 시작된 으르렁거림은 기계 하나하나를 통과해 거대한 뼈대를 고정시키고 있는 리벳[강철판 등을 잇는 데 쓰이는 굵은 금속 못] 하나하나에까지 전달되었다. 한편, 높다랗게 솟아 있는 굴뚝에서는 석탄 가루가 섞인 검붉은 연기가 몽글몽글 솟아올랐다. 금속 고치처럼 생긴 전차 안에서는 대원들이 바쁘게 움직이고 있었으나, 기계들의 요란한 진동 때문에 말소리는 거의 들리지 않았다. 오네심이 방향키를

'앞으로 전진' 쪽으로 밀자 맹렬호가 부르르 요동을 치기 시작했다. 그는 흔들거리는 몸을 애써 유지하며 계기판과 압력계에 시선

을 고정시켰다. 마침내 전차가 고래만 한 고양이처럼 그르렁거리며 순항 속도에 도달했다. 오네심은 그제야 자리를 떴다.

그는 이 기계를 자신의 손바닥처럼 잘 알고 있었다. 삼 년 전, 신식민지를 다스리는 장관이 그를 따로 불러 이 시합에 대해 이야기했을 때, 오네심은 그것이 자신의 인생을 완전히 뒤바꿔놓을 수 있는 기회라는 걸 믿어 의심치 않았다. 물론 그의 서류함 속에는 이미 맹렬호에 관한 계획서가 보관되어 있었다. 갑작스럽게 사막 횡단 전차의 총지휘자로 임명된 그는 곧바로 임무에 투입되었고, 기계 전문가들로 구성된 팀원들과 함께 작업에 착수하였다. 일 년 뒤, 그는 맹렬호의 첫 시험 운행에 나섰다. 맹렬호는 시간이 갈수록 더욱 완벽하게 탈바꿈하였고, 이 모든 일들은 철저히 비밀에 부쳐졌다. 완성된 맹렬호는 낱낱이 분리된 채 특수 선박의 화물칸에 실려 지구 반대편에 있는 새로운 땅으로 향했다.

새로운 땅에 내려진 상자와 통 들은 출발지에 있는 본부까지 또다시 험난한 길을 가야만 했다. 경기를 주관하는 본부는 사막의 대문이라 부르는 천연 계곡 아래 위치해 있었고, 그곳으로 가려면 유칼립투스 숲으로 이루어진 수많은 구릉들을 지나야만 했다. 대형 격납고와 텐트, 유조선과 석탄 창고를 갖춘 본부는 뿌연 먼지 바람 속에서도 한낮의 태양처럼 뜨거운 열기가 떠돌았다. 시합에 출전할 전차들은 지붕에 국기를 매달고 본부 앞에 나란히 서 있었고, 기술자, 군인, 외교관, 기자 들은 거대한 고철 덩어리 괴물을 구경하기 위해 속속 몰려들었다.

새로운 땅은 경비행기 탐험가들이 최근에 우연히 발견한 신대륙이었다. 이곳은 면적이 어마어마하게 넓은데다 다양한 개발을 할 수 있는 가능성의 땅이었다. 결국 세계 최강으로 꼽히는 12개국은 대륙 횡단 시합에서 승리한 나라에게 신대륙의 소유권을 주기로 합의하였다. 시합에 대한 소문은 구대륙 사람들을 열광시켰다. 그것은 새로운 시대의 도래, 평화로운 정복의 시대가 다가왔음을 알리는 것이었다. 심판은 경기의 승패에 큰 이해관계가 없는 민간인들이 맡았다. 엔지니어와 팀원 들은 대부분 군대에 소속된 자들이었고, 최신형 전차를 제작하는 데 쓰인 신기술 역시 앞으로 군사적인 용도로 사용될 것이었다. 사실 이 시합은 또 다른 형태의 전쟁이었다. 규칙만 달라졌을 뿐, 최후의 승자가 모든 것을 차지한다는 사실에는 변함이 없었기 때문이다.

방대한 크기의 새로운 땅은 북쪽에서 남쪽까지 모래 분지를 이루며 뻗어 있었다. 바다에 접한 지면은 해면의 높이까지 융기해 있었고, 그 아래로는 평평한 대지가 끝없이 펼쳐져 있었다. 사막 한가운데에는 마치 바다 위에 떠 있는 섬처럼 바위 하나가 외롭게 서 있었는데, 그곳이 바로 도착점인 울티마였다. 이 바위에 맨 처음 국기를 꽂는 전차가, 이미 '최후의 땅'이라는 지명으로 지도에 공식 표기된 신대륙을 조국에 선물로 바치게 될 것이었다.

전차는 과열로 인한 사고를 방지하기 위해 낮에는 운행을 금지했다. 우승을 하기 위해서는 밤낮으로 달려야 했지만, 감시관들 때문에 규칙을 위반할 수 없었다. 전차에는 본부 측 감시관이 둘씩 타고 있었는데, 그들은 엄격하게 중립을 지키면서 규칙 위반을 지적하거나, 승리하는 경우 그 결과를 공식적으로 인정해주는 역할을 맡고 있었다.

드디어 출발 시간이 되자, 예복을 차려입은 장관들은 대원들과 격려의 악수를 나누었다. 이어 국기에 대한 경례를 마친 대원들이 가슴에 손을 얹고 비장한 표정으로 국가를 불렀다. 마지막으로 기계 점검이 모두 끝나자 출발을 알리는 대포 소리와 함께 열두 대의 고철 덩어리들이 일제히 연기를 내뿜으며 앞으로 달려갔다. 전차가 지나간 자리에는 붉은 먼지 구름이 일어나 빛과 소음, 포옹하는 사람들, 전차를 향해 모자를 날리는 사람들을 삼켜버렸다.

첫날, 전차들은 거의 나란히 달리면서 서로를 살피느라 여념이 없었다. 마치 주둥이 끝으로 어떤 먹이를 먹어야 할지 몰라 탐색전을 벌이는 어마어마한 몸집의 동물들처럼. 가끔씩 일부러 상대국들의 반응을 시험해보기 위해 최고 속도를 내보기도 했지만, 자신들의 능력을 지나치게 과시하는 것은 피하는 눈치였다. 하지만 각기 다른 나라에서 다른 제작 과정을 거쳐 태어난 탓에, 둘째 날 밤부터는 서서히 간격이 벌어지기 시작했다. 이런 연유로 각 나라의 선수들은 자신들이 타고 있는 기계의 장단점을 다시금 낱낱이 살펴 기존의 전략을 정비하고 새로운 전략을 구상했다. 얼마 후, 최초의 돌발 사태가 발생했다. 선두로 달리고 있던 클라린티호가 전복된 것이다. 부서진 한쪽 바퀴는 사막의 먼지 속으로 달아나버렸고, 선체는 보일러의 폭발로 구멍이 나 못 쓰게 되어버렸다.

그 뒤부터 어처구니없는 사건은 계속 일어났다. 시합에서 이기지 못할 것을 예상한 서양 토마라비호가 동양 토마라비호에 포격을 가한 것이다. 동양 토마라비호는 곧바로 반격을 개시했다. 상대방을 무차별 공격하는 것은 규칙을 어기는 일이었다. 게다가 다른 전차들은 무게를 줄이기 위해 대포를 아예 싣지도 않았다. 격렬한 전투에도 불구하고 나머지 전차들의 반응은 시큰둥했다. 지독한 앙숙 관계인 두 나라가 낯선 땅에서 충돌하는 것은 그리 놀랄 만한 일도 아니었다. 오히려 그들이 놀란 것은 감시관들의 눈을 멋지게 따돌린 두 나라의 능란한 속임수와 그것을 모르고 지나친 감시관들의 '순진함'이었다. 어쨌든, 그 두 전차는 차례로 좌초되었다. 이제 경쟁자 중 두 나라가 줄어든 것이다.

나머지 전차들은 다시금 전열을 가다듬었다. 낮에는 역겨운 기름 냄새와 석탄가루가 뒤섞인 악취 속에서 피로와 숨 막히는 열기로 한나절을 보내야 했고, 밤에는 묵직한 소리를 내며 돌아가는 기계음 속에서 화로의 붉은 주둥이에 팔이 떨어져나가도록 석탄을 집어넣으며 크랭크와 피스톤의 급격하고도 불규칙적인 운동을 살펴야 했다. 수증기를 뿜어내는 날카로운 소리와 끝없이 이어진 연기 자국이 전차보다 먼저 울티마 바위를 향해 달려가고 있는 것처럼 느껴졌다.

일곱 번째 밤, 드디어 맹렬호가 다른 전차들을 제치고 단독 선두에 나섰다. 수면 부족으로 눈이 빨갛게 충혈된 오네심 티폴로는 눈앞에 펼쳐진 사막을 뚫어져라 쳐다보았다. 사막은 헤드라이트 불빛에 따라 아주 잠깐씩 모습을 드러내고는 이내 캄캄한 암흑 속으로 사라져버렸다. 오네심은 왠지 걱정이 됐고, 걱정하면 할수록 정체를 알 수 없는 심연 속으로 자꾸 빨려 들어가는 것 같은 기분이었다. 하지만 그는 느낄 수 있었다. 밤의 장막을 찢으며 달

겉으로 보기에는 쇠붙이에 불과하지만, 숱한 땀방울과 혼, 치밀한 계산과
어마어마한 자금이 한데 어우러진 또 다른 세상이 펼쳐져 있었다.

리는 이 거대한 전차는, 밑바닥에서 돌고 있는 모터의 맹목적인 힘보다 훨씬 더 강한 의미를 지니고 있다는 것을. 겉으로 보기에는 쇠붙이에 불과하지만, 그 이면을 자세히 들여다보면 숱한 땀방울과 혼이 깃들어 있고 치밀한 계산과 어마어마한 자금이 한데 어우러진 또 다른 세상이 펼쳐져 있었다.

다음 세대 사람들은 최첨단 기계와 강철 같은 정신력으로 무장하고 조국의 미래를 더 탄탄하게 일구기 위해 인간의 손길을 필요로 하는 이 광활한 원시의 땅으로 발 빠르게 몰려들 것이다. 물론 이 땅에도 원주민들은 있다. 하지만 원주민들은 가진 것 하나 없이 여기저기 뿔뿔이 흩어져 살고 있었으며, 현기증이 날 정도로 방대한 사막을 다스리기에는 너무나 나약한 족속들이었다. 그나마 부지런한 부족들은 바닷가에서 고기를 잡으며 생계를 이어가고 있었지만, 숲과 사막에 사는 자들은 일을 전혀 하지 않았다. 검은 구릿빛 피부를 한 그들은 무덤덤한 표정과 생기 없는 눈빛으로 의미 없는 하루하루를 살아가고 있었다. 원주민들의 족장은 허리가 꼬부라진 늙은이들이었고, 무사들은 왜가리처럼 가는 다리로 아슬아슬하게 서 있는 어린 소년들이었으며, 퀭한 얼굴의 여자들은 언제나 가슴에 꼭 달라붙어 있는 어린아이를 데리고 다녔다. 이것이 바로 정신 나간 주술사가 이끄는 대로 여기저기 떠돌아다니는, 뿌리 식물과 도마뱀으로 연명하는 사막 유목민의 전형적인 모습이었다. 따라서 이 사막은 법적으로는 누구의 것도 아닌, 말 그대로 주인 없는 땅, '무주지無主地'였다. 그 누구도 이 처량한 원주민들을 사막의 주인이라 생각하지는 않으리라…….

오네심은 자신이 얼마나 중요한 일을 맡고 있는지 다시금 깨달을 수 있었다. 깊은 바다처럼 건널 수 없는 그 무엇이, 오네심 자신과 이제 막 역사 속으로 걸어 들어온 원시적인 존재들을 갈라놓고 있었다. 오네심은 원주민들과는 정반대로 가장 발달된 문명의 최첨단에 서 있었다. 그는 과학기술의 결정판인 이 전차의 지휘자였다. 항구와 광산, 도시와 강 위에 세워질 오만한 교량들은 조국의 숨결을 머금은 채 빛나는 위용을 자랑할 것이고, 오네심은 그 영광된 순간을 위해 악착같이 사막을 파헤칠 것이다. 그는 아직 용기를 잃지 않았으며, 자신을 따르는 대원들과 전차에 대해서도 확고한 자신감을 갖고 있었다. 어쨌거나 행운의 여신은 그를 향해 미소 짓기 시작했다.

다른 경쟁자들과의 간격은 점점 더 벌어졌다. 뒤처진 나머지 선박들은 우승에 대한 희망은 아예 멀찌감치 미뤄둔 채 들러리 역할에만 충실했다. 맹렬호의 기능은 단연 돋보였다. 오네심은 커피 한 잔을 들고 지도를 검토하면서, 장교의 계산이 자신의 것과 맞

는지 비교해보았다. 계산에 따르면 울티마 바위는 이제 겨우 삼백이십 킬로미터 남아 있었다. 별다른 사건이 없다면 내일 밤에는 그 지점에 도착할 것이었다.

새벽이 되기 전, 그는 운행 속도를 줄였다. 목표를 눈앞에 두고 낭패를 볼 수는 없는 일이었다. 대원들은 주야간으로 나누어 2교대 근무를 했다. 교대 근무를 끝낸 오네심은 몇 시간 동안 잠을 잤다. 쉴 새 없이 증기를 내뿜던 맹렬호도 그와 함께 휴식을 취했다. 오후 세 시경, 망루에 있던 초병이 사소한 것 같지만 도저히 그냥 지나칠 수 없는 장면을 목격했다. 사막 위로 한 남자가 걸어오고 있었는데, 그는 유목민을 끌고 다니는 주술사 중 하나였다. 온몸에 흰색 물감으로 무늬를 그려 넣은데다가, 결코 몸에서 떼어놓지 않는 작은 가죽 포대가 그것을 말해주었다. 음식, 아니면 물이라도 한 잔 주어야 하나? 하지만 잠에서 깬 오네심은 그렇게 하찮은 일에까지 신경을 쓸 필요가 없다고 생각했다.

저녁이 되자 그들은 탐색용 기구를 띄웠고, 거기에 탔던 장교가 올린 보고서의 내용은 전날과 같았다. 신비한 역삼각형의 기둥은 어제와 같은 위치인 지평선 끝 부근에서 희미하게 모습을 드러내고 있었다. 마치 거리를 두고 맹렬호를 따라오는 것처럼. 맹렬호는 다시 전속력으로 승리를 향해 돌진했다.

밤이 깊어지자, 얇은 구름층이 별들을 가리기 시작했다. 그 모습이 마치 먹물을 뿌려놓은 것처럼 아름다웠다. 갑자기 삼각 기둥이 헤드라이트 불빛 앞에 모습을 드러냈다. 그러더니 어지럽게 뱅글뱅글 돌면서 믿을 수 없을 만큼 거대하게 부풀어 오르기 시작했다. 이어 더 멀리에서 또 다른 삼각 기둥이 나타났다. 두 개의 삼각 기둥은 마치 하늘과 사막을 서로 붙여버리기라도 할 듯 엄청난 모래 회오리바람을 일으켰다.

'회오리바람이다!'

누군가 조종실에서 외쳤다. 돌풍은 전차의 동그란 창을 마구 때리기 시작했다.

기계실의 보일러들은 갑작스러운 산소 부족으로 터지기 직전이었다. 날카로운 바람 소리가 구리관을 통해 들려왔고, 전등 불빛은 불안하게 흔들렸다. 견디다 못한 외부 연통 중 하나가 전차 꼭대기와 양쪽 몸체를 연결한 밧줄을 잡아당기기 시작했고, 이내 요란한 소리를 내며 와르르 무너져내렸다. 오네심은 기계의 작동을 멈추고 승강구 문을 단단히 닫아걸었다. 하지만 아무 소용이 없었다. 회오리바람을 타고 온 폭풍우가 본격적으로 맹위를 떨쳤기 때문이다. 맹렬호는 마치 바람을 피해 버티고 선 덩치 큰 짐승처럼 몸을 떨며 저항했지만 그리 오래가지는 못했다. 폭풍우의 거센 공격을 받은 전차의 몸체는 무시무시한 소리를 내면서 이리저리 흔들리더니 곧 바닥에 고꾸라지고 말았다.

오네심은 사막의 작달막한 그 주술사들이 자신들이 항상 차고 다니는 가죽 포대 속의 바람에게 명령을 했으리라고는 상상조차 하지 못했다. 다만 눈앞에 승리를 두고서 닥친 불행을 저주하고 또 저주할 뿐이었다. 비록 상처는 입었지만 죽음을 면한 오네심은 나머지 대원들과 함께 본부로 되돌아왔다. 오는 도중에 만난 다른 전차들도 죄다 끔찍한 상태로 좌초되어 있었고, 살아남은 대원들은 기진맥진한 채 유령처럼 사막을 걸어가고 있었다.

사실 주술사는 굴뚝에서 시커멓고 썩은 연기를 뿜어내는, 엄청나게 큰 저 갑충 속 인간들을 쫓아낼 수 있으리라고는 단 한 번도 생각하지 않았다. 다만 그들이 '그 돌의 뿌리'에 이르지 못하게 하려는 마음뿐이었다. 사막 한가운데 서 있는 그 바위는 신성한 바위였던 것이다. 이제 폭풍은 끝났고, 주술사는 마지막 회오리바람을 허리춤에 찬 작은 가죽 포대 속에 다시 집어넣었다. 이제 맹렬호가 좌초한 사막의 그 장소는 그들 부족의 언어로 '거대한 갑충의 무덤'이라고 불린다.

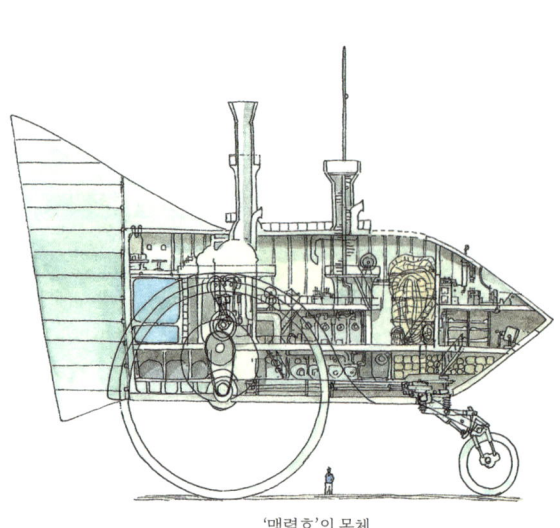

'맹렬호'의 몸체

오네심 티폴로

울티마 바위 살펴보기

출발 신호를 보내는 위원들

출발점

102 ── 붉은 강 나라에서 지조틀인의 나라까지

선두에 선 '맹렬호'

울티마 사막의 주술사
주술사들은 회오리 바람을 호리병 속에 가둔 뒤 마른풀로 구멍을 막아둔다. 그들은 그들 자신을 '회오리 떼의 안내자'라고 부른다.

거대한 회오리바람

한 주술사가 맹렬호의 잔해 아래에서 '거대한 갑충'에 대해 이야기하고 있다.

· U · 울티마 사막 —— 103

La cité du Vertige

며칠 전 현기증 도시의 하늘 위에 혜성 하나가 나타났다. 그곳 사람들은 혜성이 출몰하면 큰 불행이 닥친다고 믿었다. 아래층 도시에 사는 사람들은 불행을 막기 위해 종파를 결성한 뒤 허튼소리 돌멩이를 찾아나섰다. 도시의 운명을 좌우하는 신기한 그 돌을 박혀 있던 곳에서 빼내는 순간 도시는 흔적도 없이 전멸하고 만다.

날아다니는 석공들 · 잠자는 재판관들의 궁 · 꿈의 기록 · 파란 얼굴
허튼소리 돌멩이 종파 · 혜성 주점 · 땋은 머리를 자르다 · 비둘기 경찰단
땅속 작업 · 잠자는 재판관들의 행진 · 이즈카다르, 콜비노, 뷔조뎅 이야기

· V ·
현기증 도시

 길게 땋은 머리채에 매달린 이즈카다르는 목을 꼿꼿이 하고 두 발로 벽을 디디고 서서, 작품의 완성도를 위해 집중하는 장인처럼 정확하고 노련한 솜씨로 작업에 몰두하고 있었다.

 이즈카다르는 갈고랑이 달린 머리를 한 사람이다. 그의 머리는 야생 염소의 힘줄을 섞어 길게 땋아 내렸고, 땋은 머리 끝에는 세 갈래로 갈라진 갈고랑이가 달려 있었다. 그 갈고랑이를 머리 위로 휙 던져 걸기만 하면, 아찔한 공중에서도 사람 몸 하나쯤은 충분히 지탱할 수가 있었다. 다른 갈고랑이 달린 머리들처럼, 이즈카다르도 '날아다니는 석공 조합'의 회원이었다.

 날아다니는 석공들은 정부에서 공인한 건축 기술자들로, 돌과 나무와 벽돌에 관한 한 모르는 것이 없는 전문가들이었다. 천성적으로 부지런해 게으름을 경멸했으며, 현기증이 뭔지 알지 못하는 사람들이었다. 날아다니는 석공 조합의 강령은, 지붕이 무너지고 벽이 갈라지는 등 낡고 오래돼 안전을 위협받는 곳이라면 어디든 달려가 수리해주어야 한다는 것이었다. 그들은 오직 그들만의 규칙에 의해서 움직였고, 남들이 전혀 알 수 없는 방식으로 비밀리에 일을 할당받았다. 또한 그들은 매우 소란스러운 집회를 통해 업무 분장과 높은 자리에 앉을 권리, 월급 등을 결정했다.

날아다니는 석공들은 몹시 나쁜 날씨에도 아랑곳하지 않고 바깥 잠을 잤다. 이른 아침, 사람들은 머리를 길게 늘어뜨린 석공들이 하늘을 나는 새처럼 도시 한 구역의 건물 외벽을 덮쳐 내려오는 것을 볼 수 있었다. 벽은 순식간에 사다리, 디딤판, 밧줄, 윈치, 도르래 같은 장치들로 뒤덮였고, 그로부터 몇 주 동안은 삐걱거리는 도르래 소리와 석공들의 화려한 공중극으로 구역 전체가 활기에 넘치곤 했다.

'새벽을 알리는 자'는 첫새벽부터 "이번에는 우리 차례요!" 하고 기쁜 소식을 전해주었고, 목청이 터져라 큰 목소리로 자세한 현장 상황을 되풀이하여 알려주었다. 공사는 대체로 저녁 무렵이면 끝이 났지만, 종종 늦도록 일을 붙잡고 있는 고집스러운 석공도 있었다. 그런 날은 계속해서 울려대는 망치 소리 때문에 주민들이 늦은 저녁의 휴식을 방해받기도 했다.

석공들은 까치처럼 수다스럽고, 쉴 새 없이 투덜거리는 습성이 있었지만 일만큼은 열심이었다. 작업을 마치면 일하러 올 때와 마

찬가지로 방금 새로 칠하거나 쌓아 올린 기이한 건축물들을 뒤로
하고, 재빠른 동작으로 자취를 감추곤 했다. 청구서를 받아든 집

· V · 현기증 도시 ── 109

주인은 열이면 열, 놀라 거품을 물고 쓰러졌다. 하지만 석공들은 전혀 개의치 않았다. 어떻게 하면 돈을 받아낼 수 있는지 불 보듯 훤히 알고 있었기 때문이다. 그들은 억지를 쓰는 것은 물론 주먹으로 윽박지르는 일도 마다하지 않았으며, 거둬들인 수입은 서로 나누어 가졌다. 주머니를 두둑하게 불린 석공들은 다시 큰 소리로 떠들면서 새로운 일터를 향해 돌진했다. 그들은 항상 무리를 지어 움직였다. 솜씨도 뛰어나고 일에 대한 열정도 남달랐지만, 사람들에게는 허풍이 세고 시끄러우며 우격다짐으로 두려움을 주는 조직으로 통했다. 어쨌거나 "갈고랑이 달린 머리들은 감탄을 자아내게 하는 도사들"이었다.

이즈카다르는 조합원들 가운데 성격이 가장 차분했고, 속마음을 잘 드러내지 않는 비밀스러운 사람이었다. 그래서 여기저기 우르르 몰려다니며 참새처럼 재잘거리는 소란스러운 집단생활에 잘 적응하지 못했다. 이즈카다르처럼 말수가 적고 사람들과 어울리는 것을 별로 내켜하지 않는 사람들은 '침묵의 자리'라 불리는 작업장의 맨 가장자리에서 일하곤 했다. 사람들은 날아다니는 석공들이 괴팍한 것은 순전히 재능이 남다르기 때문이라고 믿었다. 이 말 속에는 부러움과 연민이 동시에 들어 있었다. 하지만 "갈고랑이 달린 머리는 고집쟁이"라는 의견에 대해서 부정하는 사람은 없었다. 이즈카다르는 그런 류의 사람이었다. 그는 규격에 꼭 맞게 돌을 재단하고 다루는 고도의 전문 기술자였고, 측량 기사로서의 실력도 갖추고 있었다. 뜨거운 햇빛이 홍예문[위쪽이 무지개처럼 굽은 문] 아래로 터질 듯 흐르던 오후, 이즈카다르는 도시 위층 한 저택의 발코니에 매달려 그곳을 장식하는 데 온 힘을 기울이고 있었다. 그의 주변에는 모자이크로 장식된 작은 안뜰과 정원으로 꾸며진 테라스, 흰색 원뿔 모양의 비둘기 집들이 햇빛에 빛나고 있었다.

  몸을 약간 돌리자 '잠자는 재판관' 궁의 한쪽 외벽이 눈에 들어왔다. 이제 며칠 후면 궁전의 정문을 개방하는 전통 축제가 열릴 것이고, 이즈카다르는 조합원을 대표하여 날아다니는 석공들의 깃발을 들고 축제에 참가하게 될 것이다. 그때가 되면 잠자는 재판관들은 꼬박 사흘 동안 행렬을 이뤄 도시의 여러 구역들을 돌아다니게 될 것이고, 삼백사십팔 개의 다리를 건너게 될 것이다. 구경꾼들은 시끄러운 북과 징, 폭죽 등으로 잠자는 재판관들을 깨우려 안간힘을 쓸 테지만, 그들 중 긴 잠의 동굴을 빠져나올 사람은 아무도 없으리라. 실제로 지난 다섯 세대 동안, 잠자는 재판관들이 깨어난 적은 단 한 번도 없었다. 그렇게 행진을 끝낸 잠자는 재판관들은 다시 궁으로 돌아와 '신비로운 꿈꾸는 자'의 역할을 계속 수행할 것이었다.

이즈카다르도 잠자는 재판관들의 이야기를 알고 있었다. 서른두 명의 잠자는 재판관들은 나이가 아주 많으며, 깊디깊은 우물 주위에 반원 형태로 두 줄로 빙 둘러앉아 잠을 자곤 했다. 덩치가 크고 결코 뒤척이는 법이 없으며, 숨소리도 거의 들리지 않았다. 사람들은 재판관들에게 규칙적으로 돌가죽을 바쳤다. 회색빛이 도는 점액질의 돌가죽은 궁에서 자라는 나무껍질이나 바위에 붙어 사는 이끼류로 만든 것으로, 재판관들의 잠을 무한히 연장시켜 주고 그들을 서서히 돌로 변하도록 만들었다.

그곳에서 들리는 것이라고는 깃털 펜이 잉크병과 양피지 사이를 왔다 갔다 하는 소리뿐이었다. 참석한 관리들이 모두 벙어리였기 때문이다. 이따금 잠자는 재판관 중 한 사람이 웅얼웅얼 잠꼬대를 하기도 했다. 그 소리는 마치 안개에 휩싸인 늪의 바닥으로 하나씩 떨어지는 무거운 돌멩이처럼 둔탁하면서도 비밀스러웠다. 그러면 벙어리 관리들은 금장식 테두리가 있는 묵직한 꿈 공책을 펼쳐 떨리는 손으로 그 신탁의 내용들을 받아 적었다. 해독을 마친 신탁은 매달 초 도시의 공무원들에게 전달되어 그들이 올바른 결정을 내릴 수 있도록 도와주었다. 또한 공무원들은 자신들이 내린 결정을 매일 밤 천체의 움직임을 관찰하고 있는 우주

잠자는 재판관이 웅얼웅얼대는 잠꼬대는 마치 안개에 휩싸인 늪의 바닥으로
하나씩 떨어지는 무거운 돌멩이처럼 둔탁하면서도 비밀스러웠다.

학자들에게 알려야만 했다.

'꿈에서 영감을 얻고, 인간들의 터무니없는 광기로부터 보호받으며, 별의 운행으로 미래를 점치면서도 각자 자유로이 하고 싶은 일을 할 수 있는, 이보다 더 멋진 나라가 세상에 또 있을까?'

톱니처럼 생긴 끌을 내리치며, 이즈카다르는 생각했다.

그런데 갑자기 그가 기대고 있던 벽이 흔들리기 시작했다. 처음에는 느끼지 못했으나, 동작을 멈추자 진동이 더욱 확실히 느껴졌다. 벽은 점점 더 세게 흔들렸으며, 어디선가 징을 치는 듯한 소리가 났다. 이즈카다르는 자신의 땋은 머리 끝에 달린 갈고랑이를 향해 솟구치듯 뛰어올랐다. 잠시 뒤, 그의 바로 아래 조금 옆쪽에서 커다란 벽돌 하나가 벽을 뚫고 떨어져 나오려고 하는 게 아닌가. 징소리는 누군가 내리치는 망치질 소리였고, 망치질로 인한 진동을 이기지 못한 벽돌이 천장을 뚫고 나오려고 했다. 마침내 벽돌은 바닥으로 추락했고, 이어 육중한 벽이 먼지구름을 일으키며 와르르 무너져 내렸다. 무너진 벽의 잔해들은 순식간에 나무 마루 위로 쏟아졌고, 뻥 뚫린 구멍에서는 웬 머리 하나가 콜록콜록 마른기침을 해대며 불쑥 나타났다. 그의 입에선 다음과 같은 놀랄 만한 질문이 튀어나왔다.

"당신이 바로 이즈카다르요?"

이즈카다르는 고개를 끄덕였다.

"당신에게 할 말이 있소. 미안하지만 이리로 좀 와주겠소? 나는 현기증이 나서……."

남자는 다시금 자신이 튀어나온 구멍 속으로 몸을 숨기면서 말했다.

두려움이 이즈카다르를 머뭇거리게 했지만, 곧 호기심이 그의 두려움을 이겼다. 이즈카다르는 뚫린 구멍에 닿아 내린 머리의 갈고랑이를 꽂은 후 날렵하게 허공으로 몸을 날렸다. 그런 다음 벽 가장자리를 짚으며 마루로 내려온 그는 아주 민첩한 자세로 사나이가 있는 구멍 속으로 들어갔다. 어둠 속에서 진흙으로 구운 항아리들이 빛나고 있었다. 그곳은 마치 물건을 저장해둔 지하 창고 같았다. 이즈카다르를 초대한 사나이는 덩치가 매우 큰 자로 말라비틀어진 버섯보다 더 쪼그라든 귀와 울퉁불퉁한 주먹코를 하고, 찰과상을 입은 손에서는 피가 흐르고 있었다. 이즈카다르는 콧방귀를 뀌며 그를 서투른 녀석이라고 생각했다. 하지만 먼지가 뽀얗게 내려앉은 얼굴을 닦으려고 그가 손을 들어 올리는 순간, 이즈카다르는 또 한 번 놀라지 않을 수 없었다.

그는 입구 쪽으로 뒷걸음질 치면서 이렇게 외쳤다.

'파란 얼굴°이다!'

사나이는 잠시 진정할 시간을 주기라도 하려는 듯 동작을 멈추고 지그시 이즈카다르를 바라보았다. 파란 얼굴이라는 단어가 가진 악명에도 불구하고 이즈카다르를 쳐다보는 사나이의 눈은 더할 나위 없이 부드러웠다.

"나는 파란 얼굴들과는 말을 트고 지내지 않소. 지옥의 문신을 한 당신들은 범죄자가 아니오!"

이즈카다르가 모욕적으로 소리쳤다.

"난 당신을 해치려고 온 게 아니오. 오히려 그 잘난 많은 머리 까마귀 떼를 돕기 위해 온 것이지. 내 말을 잘 들으시오. 우리는 '허튼 소리 돌멩이'가 박힌 길 위에 서 있소."

"말도 안 돼!"

"잠자는 재판관들이 행진하는 동안 어떤 신비교도들이 그 돌을 훔치려 하고 있소."

흥분한 이즈카다르와는 달리 사나이의 목소리는 침착했다.

"만약 당신이 이 재앙을 막기를 원한다면, 나를 따라오는 게 최선의 방법일 거요."

° 현기증 도시의 죄수들로, 일반인들과 구별하기 위해 얼굴에 파랗게 문신을 새겨서 파란 얼굴이라는 별명을 얻었다.

"흥, 그건 불가능하오. 암, 불가능하고말고."

이즈카다르는 같은 말을 두 번씩 반복해서 말했다.

"내가 한 말을 잘 이해하지 못한 것 같구려."

파란 얼굴은 몹시 걱정스러운 듯 표정이 어두워졌다.

"별자리와 천체의 운행이 유한한 생명을 지닌 인간의 나약한 운명을 결정짓는 것처럼, 각각의 도시에는 혼란으로부터 인간들을 보호해주는 비밀스러운 돌이 하나 있다. 그 돌은 엄청난 부동성不動性 힘으로 인간들을 무질서로부터 지켜준다. 그 돌은 도시의 중심부에 잠들어 있고, 사람들은 그 돌을 '허튼소리 돌멩이'라는 이름으로 부른다……."

석공은 혼잣말하듯 낭송하였다.

"공부를 열심히 했나 보구려."

사나이는 빈정대는 투로 말하고는 방문을 활짝 열어젖혔다.

"시간이 없소이다. 나를 믿는다면, 두말 말고 따라오시오."

그러고는 어두운 복도를 향해 성큼성큼 걸어갔다.

이즈카다르는 고민에 빠졌다. 하지만 잠시 후, 마치 뭔가에 홀린 듯, 그토록 깔보고 업신여기던 파란 얼굴의 명령에 따르고 있었다. 이즈카다르는 입을 꽉 다물고 사나이를 따라 복도로 갔다.

"인사가 늦었구려. 내 이름은 콜비노외다. 왠지 당신과는 잘 통

· V · 현기증 도시

할 것 같은 예감이 드오."

콜비노는 부지런히 왔다 갔다 하며 이즈카다르에게 길을 알려주었다. 이 건물에서 저 건물로, 다락에서 지하 창고로, 마침내는 지하의 가장 아래층까지. 어찌나 숨 가쁘게 움직이는지 콜비노와 함께 건물의 구석구석을 누비는 동안, 이즈카다르는 단 한 번도 바깥 공기를 쐴 수 없었다. 둘은 마침내 무거운 자물쇠가 달린 문 앞에 당도했다. 콜비노가 자물쇠를 따자 축축하고 미끈거리는 벽으로 둘러싸인 좁은 복도가 나타났다. 복도는 마치 미로처럼 좁은 길들이 복잡하게 뒤얽혀 있었고, 희미하나마 햇빛이 들어올 만한 공간이라고는 철책으로 둘러싸인 환기창뿐이었다. 콜비노는 비슷하게 생긴 십여 개의 문들 중 마지막 문을 열고는 천장이 둥근 썰렁한 방으로 이즈카다르를 안내했다.

"감옥에 온 것을 환영하오."

콜비노는 놀라움으로 입을 다물지 못하는 이즈카다르에게 이렇게 말했다.

"설명이 좀 필요하겠죠? 물론 당신이 생각하는 감옥과는 차이가 클 것이오. 보시다시피 이 건물은 벽돌 만드는 거리 근처에 있던 격리된 공간이었소. 그런데 주변에 건물들이 하나둘씩 늘어나게 되자 벽들이 서로 붙어버리게 되었지. 결국에는 감옥을 더 이상 넓힐 수 없을 지경에 이르렀소. 그래서 생각해낸 것이 지하 감옥이라오. 벽돌로 된 통로들이 마치 문어발처럼 땅속 구석구석 뻗어 있는 게 보이지 않소? 정말이지 미로가 따로 없소이다. 간수들조차 길을 잃을 정도니……. 죄수들의 얼굴에 색깔 문신을 넣기 시작한 것도 다 그 때문이오. 죄수와 일반인을 확실히 구별하기 위해서 말이오. 내 문신은 이제 석 달만 있으면 다 없어질 거요. 하지만 난 이 문신을 더 오랫동안 유지하고 싶소. 왜냐하면 오 년 전쯤부터 난 이 문신에 너무나 익숙해져버렸으니까.”

그는 여기저기 이가 빠진 거울 앞에서 얼굴을 찡그려 보이며 말했다.

“감옥 이야기로 돌아가자면…… 지하가 포화 상태에 이르자 이번엔 건물 층수를 점점 더 높이 올리게 되었소. 당신도 익히 들어 알고 있겠죠? 황당하게도 어느 날은 아침 창문을 열면, 위층에 사는 갑부의 눈앞에 거짓말처럼 새로 지은 파란 얼굴의 감방이 우뚝 솟아 있기도 했지요. 사람들은 더 이상 어디가 감옥이고, 어디가 아닌지를 구분할 수 없게 되어버렸소. 그건 그렇고, 당신 혹시 배가 고프시오?”

그는 이즈카다르에게 빵과 치즈를 건넨 후 계속 말을 이었다.

“몇 개월 전, 옛날에 파란 얼굴이었던 뷔조뎅이라는 자가 이곳에 다시 나타났다는 소문이 들려왔소. 불행히도 난 그와 같은 감방을 쓴 적이 있었소. 그는 도시를 완전히 무너뜨리려는 계획을 품고 있었다오. 도시가 죗값을 치러야 한다고 흥분하면서 말이오. 한마디로 성난 미치광이였지. 하지만 의외로 많은 사람들이 그의 말에 고개를 끄덕였소. 세상에는 귀가 얇은 사람들이 있게 마련이니까. 그는 자신을 믿는 사람들을 모아 새로운 종파를 결성했소. 그게 바로 허튼소리 돌멩이라오."

"허튼소리 돌멩이 종파°라면 저도 잘 압니다."

이즈카다르가 한숨을 내쉬며 말했다.

"생각건대 그 정신 나간 사람들은 머지않아 자신들의 계획을 실행에 옮길 것이오. 내가 당신을 찾아간 것도 바로 그 때문이죠. 당신은 석공 조합의 경솔한 젊은이들과는 달리 생각이 깊고 침착하니까."

"그런데 왜 그들은 허튼소리 돌멩이를 찾아내려는 걸까요?"

"허 참, 이미 말하지 않았소! 그들은 허튼소리 돌멩이를 도시에서 빼내려는 것이오."

"허튼소리 돌멩이를 꺼내려 하다니. 미쳐도 단단히 미친 게 틀

° 도시를 지탱하고 있는 허튼소리 돌멩이를 빼내 부패할 대로 부패한 도시를 전멸시키는 것만이 영혼을 구원받는 길이라고 주장하는 아래층 도시의 사이비 종파이다.

림없어! 도시를 받치고 있는 돌멩이를 빼내면 모든 것이 와르르 무너져내리잖소! 그건 바로 도시의 마지막이자 세상의 종말을 뜻하는 겁니다. 우린 무너져내린 도시의 파편 속에서 죽어갈 거고요. 게다가 죽는 건 그들도 마찬가지잖아요?"

"그들은 죽음을 두려워하지 않소. 왜냐하면 썩어빠진 이 도시를 멸망케 하는 것은 죄가 아니라 선행을 베푸는 것이라 생각하니까. 그들은 그렇게 하면 자신들의 영혼이 구원받을 것이라 철석같이 믿고 있소."

"돌았군, 돌았어!"

"맞소, 이즈카다르. 그들은 돌았소. 하지만 돌았다는 말만으로는 문제를 해결할 수 없소이다. 혹시 터번을 만들 줄 아시오? 물론 잘 모르겠지······."

콜비노는 상자 안에서 헌옷 꾸러미를 꺼내어 이즈카다르가 터번 만드는 것을 도와주었다. '아래층 도시'에 사는 가난한 주민들은 늘 머리를 천으로 친친 싸매고 다녔다. '위층 도시'에서 떨어지는 기와 조각이나 진흙 파편으로부터 머리를 보호하기 위해서였다. 후줄근한 터번을 쓰고, 속을 두둑하게 댄 낡은 외투를 걸치자 이즈카다르는 제법 신분이 낮은 아래층 도시 사람처럼 보였다. 콜비노는 잠시 멈춰 서서 이즈카다르의 모습을 살펴보더니 생각에 잠긴 얼굴로 작은 병을 꺼내들었다. 그러고는 그 병에 담긴 푸른 물감으로 이즈카다르의 얼굴 위에 괴상한 그림을 그려 넣었다.

"괜찮은데! 썩 괜찮아! 이제 당신도 정말 파란 얼굴처럼 보이는구려."

이즈카다르는 인정하기 싫었지만, 콜비노의 말은 사실이었다.

"자, 그러면 출발합시다!"

이즈카다르는 콜비노를 따라 아래층 도시로 나왔다. 그는 자신의 옷차림이 성가셔 죽을 지경이었다. 평소와는 달리 두꺼운 솜옷을 잔뜩 껴입은 탓에 걸음은 더디고 움직임은 둔했다. 어둡고 냄새나는 골목에는 상점들이 다닥다닥 붙어 있었고, 엄청나게 많은 수의 사람들이 오글오글 모여 있었다. 어찌나 북적대는지 걷기조차 힘들 정도였다. 골목 안 여기저기에서 욕설이 터져 나왔다. 기와 조각과 석회 반죽 부스러기들이 눈처럼 떨어져 내렸기 때문이다. 간혹 행인의 머리 위로 더러운 물이 쏟아지기도 했다. 하지만 창밖으로 물을 버린 성미 고약한 여자는 사과는커녕 오히려 창문을 거칠게 닫으며 코웃음을 쳤다.

콜비노는 매우 익숙하게 길을 헤치며 앞으로 걸어갔고, 많은 사람들에게 알은체를 했다. 그와 인사를 나눈 사람들은 떠돌이 약장수, 대중목욕탕의 장님 안마사, 물건의 무게와 치수를 알려주

어둡고 냄새나는 골목에는 상점들이 다닥다닥 붙어 있었고,
엄청나게 많은 수의 사람들이 오글오글 모여 있었다.

는 사기꾼같이 생긴 저울쟁이, 칼 가는 사람, 전당포 주인, 무사마귀 없애주는 사람, 실과 천이 든 보퉁이를 이고 쓰러질 듯 걸어 다니는 터번 수선인 등 하나같이 불쌍한 하층민들이었다. 얼마나 갔을까. 꼬질꼬질 땟국이 흐르는 조무래기들이 길가 도랑의 진흙탕에서 맨발로 뛰어놀다 골목길에서 와르르 쏟아져 나왔다. 그들은 "동전 한 닢만!" 하고 사투리로 외치며 행인들의 바지춤을 잡아당겼다.

두 사람은 무두장이 거리, 정육점 거리, 맥주 거리를 통과했다. 거리마다 특유의 냄새가 진동해 냄새만으로도 지도를, 곧 이 도시의 '냄새 지도'를 만들 수 있을 것 같았다.

막다른 길 모퉁이에서 두 사람은 수상쩍어 보이는 한 술집으로 들어갔다. 알코올 기운에 젖은 한 무리의 사람들이 잔뜩 풀어진 목소리로 왁자지껄 떠들고 있었다. 문 위에 걸린 포스터에는 혜성이 프린트되어 있었고, 혜성 아래에는 온갖 종류의 재앙과 재난에 대한 글귀가 자세히 적혀 있었다. 콜비노는 몇몇 사람들과 악수를 나눈 뒤 두 손을 가슴께에 별 모양으로 얹고는 "도둑질로 파란 얼굴이 된 자요, 나와 똑같이!" 하고 이즈카다르를 소개했다. 바로 옆 탁자에는 부랑배와 노상강도로 이루어진 한 무리의 사람들이 모여 있었다.

대화는 곧 허튼소리 돌멩이로 옮겨 갔다. 허튼소리 돌멩이 종파는 이곳에서 신도들을 많이 끌어모았다. 그들은 죄악으로 물든 도시와 혜성이 몰고 올 대재앙에 대해 입이 닳도록 떠들어댔다. 머릿속과 목구멍의 갈증을 적시기엔 턱없이 모자란 겨우 세 잔의 술잔이 오고 간 뒤에 이즈카다르는 허튼소리 돌멩이 종파의 신도로 받아들여졌고, 다음 술잔을 마시기 전까지의 즐거운 기다림을 함께할 수 있도록 허락받았다. 이어 일행 중 한 명이 곧 닥쳐올 끔찍하게 불행한 시간에 대한 위로처럼 슬픈 미소와 물기 어린 눈으로 술잔을 부딪혀 왔다.

이즈카다르가 막 네 번째 술잔을 주문하고 났을 때 콜비노가 말했다.

"브라보! 당신에 대해 사람들이 들려준 말이 거짓이 아니군요, 이즈카다르. 당신은 날아다니는 석공으로서의 역할을 정말 잘 수행하고 있소. 다른 어리석은 자들은 당신한테서 오직 직업적인 열정만을 보았을 것이오. 어쨌든 당신은 거지패들의 왕국에 들어오는 시험에 당당히 합격하였소!"

"모든 게 다 그럴싸하군요. 하지만 난 여전히 혼란스러워요. 뭐가 뭔지 모르겠다고요."

이즈카다르가 흥분해서 외쳤다.

"인내심을 좀 가지시오. 우리의 목적은 미치광이 뷔조뎅에게 접근하는 것이니까."

일주일 동안, 두 사나이는 매일같이 혜성 주점으로 갔다. 어느 날 저녁, 늘 구석 자리에 앉아서 종이에 뭔가를 끄적이던 수상쩍은 작가가 그들을 자신의 자리로 불러 술을 권하였다.

"두 분이 바로 뷔조뎅을 만나려 하는 분들이 맞습니까?"

그는 대단한 비밀이라도 털어놓는 듯 들릴락 말락 한 목소리로 말했다.

"내일 흑사병 환자들의 대장간 거리에서 모임이 있습니다."

이튿날, 콜비노와 이즈카다르는 넝마를 쓴 무리들 틈에 섞여 대장간 거리로 갔다. 팔꿈치로 길을 터가며 앞으로 나아간 두 사람은 주술사를 둘러싸고 있는 작은 원 가까이까지 접근하는 데 성공했다. 넋이 빠진 광신도들에게 휩싸인 뷔조뎅은 열에 들뜬 눈을 이리저리 굴려대며 위압적인 음성으로 궤변을 늘어놓고 있었다. 그가 구호를 외칠 때마다 신도들은 열광적인 박수와 절규에 가까운 함성으로 지지를 표하였다.

"허튼소리 돌멩이를 위하여! 도시를 붕괴시키자!"

그런데 뷔조뎅은 단순히 언변이 뛰어난 주술사가 아니라, 날카로운 직관의 소유자이기도 했다. 그는 두꺼운 터번과 외투로 변장

했음에도 불구하고 이즈카다르가 날아다니는 석공 조합의 회원임을 단번에 알아보았다. 분노한 신도들은 이즈카다르를 땅바닥에 때려눕혔다. 갖은 욕설에 발길질까지 당한 이즈카다르는 이러다 죽겠구나, 생각하며 눈을 감았다. 만약 콜비노가 끼어들지 않았더라면 광분한 맹신도들에 의해 온몸이 갈기갈기 찢긴 채 죽임을 당했을 것이었다. 콜비노는 개종한 석공이야말로 허튼소리 돌멩이를 구별할 줄 아는 진짜 능력자라고 말했다. 콜비노의 반격은 정통을 찔렀다. 갑작스럽게 알게 된 진실에 놀란 신도들의 눈과 입은 화등잔만 해졌다.

"맞아! 혜성이 그렇게 예견했지! 날아다니는 석공이 허튼소리 돌멩이를 찾아낼 수 있다고!"

주술사 뷔조뎅도 무릎을 쳤다. 하지만 완전히 마음을 놓지는 않았다. 그는 잔인한 미소를 지으며 한 가지 조건을 덧붙였다. 그건 바로 이즈카다르가 사람들이 보는 앞에서 길게 땋은 머리를 잘라 바쳐야 한다는 것이었다.

날아다니는 석공에게 있어 땋은 머리는 단순한 장식물이나, 끝에 갈고랑이가 달린 평범한 연장이 아니었다. 그것은 그 이상의 무엇이었다. 머리카락과 뒤얽혀 있는 야생 염소의 힘줄은 현기증으로부터 그들을 보호해주었고, 매년 엄청난 세금을 내야 하는 몹쓸 육교로부터 그들을 지켜주는 수호신 같은 존재였다. 또한 필요한 때에는 두려워할 만한 무기가 되기도 했다. 땋은 머리 타래를 한 손에 쥐고 여러 번 휘둘러 던지면, 머리 끝에 달린 갈고랑이가 획획 바람 가르는 소리를 내며 정확하게 목표물에 꽂혔다.

이 땋은 머리는 정수리에 달린 또 다른 손이자 생각의 도구이자 자부심이자 애지중지하는 보물이었다. 그래서 중죄를 저지르거나 회칙을 어긴 석공은 머리카락이 잘린 채 조합에서 영원히 추방되었다. 바로 이러한 형벌이 허튼소리 돌멩이 종파의 일원으로 받아들여지기 위해 이즈카다르가 감당해야 할 끔찍한 대가였던 것이다. 뷔조뎅의 추종자들은 그의 눈을 뚫어지게 바라보며 대답을 기다렸다. 마침내 이즈카다르가 고개를 끄덕였다.

사람들이 도마와 작은 통나무 작업대를 가져왔다. 불쌍한 이즈카다르는 날아다니는 석공으로서의 신념을 버릴 것을 공식적으로 선언하였다. 열 번도 채 안 되는 칼질로 탐스럽게 땋은 그의 머리가 잘려나가고 말았다. 타래가 잘리는 동안 이즈카다르는 두 손으로 머리를 감싸쥔 채 휘청이는 두 다리로 중심을 잡으려고 애쓰고 있었다. 하지만 결국 균형을 잃은 채 격심한 현기증으로 고꾸라지고 말았다. 콜비노가 그를 부축하기 위해 다가왔다. 그는 이즈카다르의 어깨를 잡으며 이빨 사이로 중얼거렸다.

"참으시오, 이즈카다르. 안 그러면 우리는 지게 되오."

뷔조뎅은 잘린 머리 타래를 쥐고 그것을 빙빙 돌리면서 높이 흔들었다. 기쁨에 찬 신도들은 만세를 외치며 이즈카다르의 희생을 축하해주었다.

뷔조뎅이 외쳤다.

"날아다니는 석공들은 마땅히 사라져야 할 도시의 건물들을 끊임없이 고치고 수리하는 악마 같은 놈들이었다. 그런 의미에서 이 머리 타래는 우리의 가장 큰 적인 석공들마저 우리의 위대한 진리를 이해하고 있다는 살아 있는 증거다. 환영한다, 이즈카다르. 우리는 이제부터 너를 최고의 신도로 생각할 것이다. 이 뷔조뎅은 네가 허튼소리 돌멩이의 진짜 위치를 찾아내리라는 것을 믿어 의심치 않는다. 우리를 다스리는 잠자는 재판관들이 돌의 수면에 빠진 채 치를 떨기를! 우리는 도시를 붕괴시킬 것이다! 우리는 도시의 위아래를 뒤엎어버릴 것이다. 또한 우리는 그 거만한 궁전을 암흑 속으로 무너뜨릴 것이다!"

신도들은 또다시 함성을 질러댔고, 즉석에서 행렬을 만들어 거리로 몰려나갔다. 이제 이즈카다르는 허튼소리 돌멩이 종파의 영웅이 되어 있었다. 뭔가에 홀린 듯 흐리멍덩한 눈빛을 한 사람들이 비틀거리는 이즈카다르와 보폭을 맞추어 걸었다. 그뿐이 아니었다. 사람들은 앞다투어 그를 만지려 했고, 옷에 있는 천 조각을 뜯어내어 서로 가지려 했다. 행렬은 좁은 골목길을 통과해 넓은 공터가 있는 '억울한 자들의 묘지'에 집결했다. 뷔조뎅은 이즈카다르를 앞세운 채 다시금 궤변을 늘어놓았다. 머리카락을 자른 석공 이야기는 허튼소리 돌멩이 종파를 여전히 의심스러운 눈초리로 쳐다보는 청중들을 확실하게 부추길 만한 기막힌 구실이 되어주었다.

"석공이라는 자가, 우리의 동지가 되리라고 상상이나 해보았는가? 이 일이 필요 불가결한 일이라는 걸 몰랐다면 과연 우리 일에 동참하려 했을까?"

청중들이 동요하기 시작했다. 그들의 동요는 하얀 터번으로 일렁이는 물결을 만들어냈다.

확신에 찬 뷔조뎅의 연설은 쉬지 않고 이어졌다.

"만약 확신이 없었다면 그토록 애지중지하는 갈고랑이 머리를 잘랐겠는가?"

뷔조뎅은 잘린 머리 타래를 높이 흔들었다. 박수 소리는 두 배로 커졌고, 여기저기에서 함성이 폭발하듯 터져 나왔다. 하지만 억울한 자들의 묘지에서 벌어진 뷔조뎅의 마지막 설교는 군중 속에서 들려온 갑작스러운 고함 소리에 의해 중단되었다.

"경찰이다. 비둘기 경찰단이다!"

몇 개의 검은 그림자가 무덤들 사이에서 어른대는 것이 보였다. 사람들은 위층 도시를 향해 날아가는 비둘기들을 보았다. 잠시 침묵이 이어졌고 청중들은 두려움에 몸을 부르르 떨었다.

하지만 아래층 도시의 열기와 동요는 좀체 가라앉지 않았다. 다음 날도 그다음 날도 집회는 계속되었고, 군중들은 마침내 폭발 지경에 이르렀다. 뷔조뎅은 도시의 하늘 위에서 매일 밤 빛나는 혜성의 꼬리를 보고는 "궁전 정문 개방과 잠자는 재판관들의 행진이 시작되기 전에 허튼소리 돌멩이를 빼내야 한다."고 강조했다. 불과 사흘 뒤면 축제의 시작이었다.

축제 전날, 뷔조뎅은 측근들을 불러 비밀 회의를 열었다. 물론 이즈카다르와 콜비노도 포함되어 있었다. 너무나 갑작스레 일어난 많은 사건들로 인해 다소 얼이 빠진 두 공모자는, 당분간 흘러가는 대로 사태를 관망하다가 마지막 순간에 행동을 취하기로 합의하였다. 콜비노는 자신의 힘으로 주술사를 제압할 수 있다고 믿었다. 이즈카다르는 비록 말도 안 되는 이야기지만, 만약 진짜로 그 유명한 허튼소리 돌멩이를 찾아낸다고 하더라도 이 정신 나간 미치광이 신도들에게 알려줘야 할 이유는 없을 거라고 생각했다.

뷔조뎅은 지금이 바로 각자 자신의 믿음을 되돌아보고, 신앙심의 굳건함을 밝힐 때라고 말했다. 뷔조뎅은 콜비노와 이즈카다르에게 잿더미가 된 도시의 잔해 속에서 세상은 서서히 멸망할 것이고, 허튼소리 돌멩이를 해방시킨 자들만이 영혼을 구원받게 될 거라고 말했다.

"당신들은 세상의 구원을 위해 몸을 바친 것이오."

이렇게 말하고는 그들 일행을 혜성 주점으로 데리고 갔다. 그는 지하로 통하는 뚜껑을 열고는 두 사람에게 등불을 나누어주었다. 어둠 속에는 커다란 술통들이 일렬로 죽 늘어서 있었다. 그 술통들 중 하나를 열어젖힌 뷔조뎅은 뒤따르는 사람들과 함께 그 안으로 쑥 들어갔다.

"여기가 어디요?"

이즈카다르가 속삭였다.

"나도 모르겠소. 아마도 옛날 벽돌 공장의 지하인 것 같소."

콜비노가 대답했다.

그들은 벽을 따라 걸었고, 마침내 구불구불하고 찌그러진 미로에 닿았다. 가면 갈수록 벽은 금방이라도 쓰러질 듯 기울어져갔고, 삐뚤빼뚤 난 층계는 층을 구분할 수 없을 정도로 여기저기 허물어지고, 구멍이 나 있었다. 일행은 마침내 좁고 긴 창자 같은 굴

속에서 벗어나 깊고 넓은 마루로 나왔다. 이즈카다르는 그곳이 옛날의 채석장이었음을 알 수 있었다. 벽 안쪽이 계단식으로 축조되어 있었고, 발 디딤판을 설치하기 위해 여기저기 구멍을 뚫어놓았기 때문이다. 넓고 어두운 구석에는 엄청나게 큰 돌덩어리들이 무용지물로 놓여 있었다. 감시탑처럼 생긴, 폭이 넓고 키가 큰 천연 기둥들이 횃불의 흔들림에 따라 나타났다 사라지기를 반복했다. 반면 그들 일행의 발자국 소리와 음성은 메아리가 되어 실제보다 훨씬 더 크게 울렸다. 뷔조뎅은 마지막 굴속까지 똑바로 걸어간 후, 어둠 속에서 흔들거리는 줄사다리를 가리켰다.

"자, 형제여. 자네에게 길을 여는 영광을 주겠네. 우리에게 자네의 능력을 보여주게."

이즈카다르는 높이를 가늠하려는 듯 고개를 뒤로 젖히고 낡은 사다리를 흔들어 보았다. 그러자 삐걱거리는 소리와 함께 톱밥 같은 먼지가 비처럼 쏟아져 내렸다. 그는 무거운 터번과 옷가지들을 벗어 던졌다. 그런 다음 횃불을 입에 물고 사다리의 끈을 잡고 올라가기 시작했다. 비록 뷔조뎅이 자신의 부적 같은 머리 타래를 가지고 있었지만, 그는 과감하게 사다리에 몸을 맡겼다. 아니나 다를까, 채 몇 걸음 떼기도 전에 끔찍한 현기증이 몰려왔다. 땋은 머리 타래를 자른 그날처럼 다리가 휘청거리고 구토가 일었다. 간신

· Ⅴ · 현기증 도시 —— 133

이즈카다르는 횃불을 입에 물고 사다리의 끈을 잡고 올라가기 시작했다.
부적 같은 머리 타래는 빼앗겼지만, 그는 과감하게 사다리에 몸을 맡겼다.

히 몸을 추스르고는 벽면에 걸려 있는 마지막 사다리를 잡고 늘어졌지만, 아래쪽은 감히 쳐다볼 엄두도 나지 않았다. 그는 밑에 있는 사람들을 안심시키기 위해 밧줄을 내려보냈다. 그가 서 있는 평평한 곳에서부터 바윗돌 위로 계단이 나 있었고, 그 계단은 작은 지하 동굴까지 똑바로 이어져 있었다. 뷔조댕이 뽑은 열 사람이 들어가면 꼭 맞을 만한 크기였다. 마침내 뷔조댕이 입을 열었다.

"이제 진실의 순간이 왔다. 이 지하 동굴 바로 위에 잠자는 재판관들의 궁이 있다. 바로 우리를 다스리는 자들의 부패한 심장이 뛰고 있는 곳이지. 예언에 따르면, 허튼소리 돌멩이는 여기에 있다. 이즈카다르, 날아다니는 석공이여, 그것이 어디에 있는지 정확히 알려주게."

이즈카다르는 오랫동안 지하 동굴의 벽면과 둥근 천장을 관찰했다. 일반적으로 원형 천장은 한가운데에 전체를 지탱하는 중심 돌이 있었다. 지하 동굴의 천장 역시 다른 천장과 동일한 구조를 띠고 있었다. 별다르게 특이한 점은 없었다. 그런 이즈카다르의 눈에 또 다른 돌 하나가 눈에 띄었다. 벽면 아래쪽에 박힌 그 돌은 말로는 설명할 수 없는 두려움과 감동을 동시에 불러일으켰다.

그는 허튼소리 돌멩이가 실제로 존재한다는 소문에 대해 늘 약간의 의구심을 갖고 있었다. 석공들은 눈에 보이는 것만 믿고 뭐

든지 정확하게 계산하는 게 몸에 배어 있었으며, 이성이란 오직 올바른 판단력에 의해서만 환하게 빛나는 것이고, 미신은 이성적 사고를 마비시키는 독약 같은 것이라고 생각했다. 그런데 지금은 허튼소리 돌멩이의 존재가 마치 사실인 것처럼 너무나 그럴싸하게 느껴졌다. 다른 수천 개의 돌멩이들 가운에 섞여 있는 저 평범한 돌멩이가 과연 뷔조뎅이 주장하는 것처럼 도시 전체를 지탱하고 있는 것일까? 이즈카다르는 이제 그 말을 거의 믿고 있었다. 그는 뷔조뎅이 속아 넘어가기를 바라면서 둥근 천장 중심의 순결한 열쇠를 가리켰다.

"이게 바로 허튼소리 돌멩이인 것 같아요!"

하지만 흥분한 탓에 목소리의 톤이 지나치게 높아졌다. 뷔조뎅은 이즈카다르의 속셈을 눈치채고는 그가 가리킨 것이 아닌 다른 돌을, 즉 이즈카다르가 자신도 모르게 조금 더 오랫동안 쳐다보았던 그 돌멩이를 가리켰다. 그러고는 망치와 끌로 그 돌을 떼어내기 시작했다. 그때 이즈카다르가 콜비노에게 재빨리 신호를 보냈다. 두 사람은 뷔조뎅에게 달려들어 잘린 머리 타래를 빼앗았고, 이즈카다르가 머리 타래를 휘둘러 세 사람을 쓰러뜨렸다. 콜비노 역시 닥치는 대로 공격하였으나, 곧 힘에 부쳐 붙들리고 말았다.

이젠 모든 것이 끝장이었다. 악귀에 사로잡힌 뷔조뎅이 끝내 벽면에서 돌을 뽑아내더니 승리의 감탄사를 부르짖었다.

바로 그때, 둥근 천장이 엄청난 소리를 내며 무너져 내렸다.

얼마 후, 이즈카다르는 정신을 차렸다. 머리 위에는 여전히 뿌연 먼지구름과 석회 반죽 부스러기가 떠돌아다니고 있었다. 기침을 하고 침을 퉤 뱉으면서 그는 어지럽게 쌓인 천장의 잔해 속에서 머리를 내밀었다. 지하 동굴 한쪽 면이 폭삭 무너져 잔해로 뒤덮여 있었다. 콜비노의 모습은 어디에도 보이지 않았다. 분명 뷔조댕 일당과 함께 더 아래쪽에 파묻혀 있으리라. 아마 이렇게 심한 참사를 겪고도 살아남을 수 있는 사람은 없을 테니까. 그는 잠자는 재판관 궁의 지하 창고에서 출구를 찾아냈다. 세상의 종말은 일어나지 않았고, 궁전도 한 치의 흔들림 없이 그대로 있었다. 그것은 허튼소리 돌멩이가 아니었다······.

사흘 동안 계속되는 궁전 정문 개방 축제의 첫날 밤은 화려한 불꽃놀이로 막을 열었다. 흥에 들뜬 사람들은 초롱을 흔들며 잠자는 재판관들의 행렬을 쫓아갔다. 짙은 천으로 된 옷의 겹겹이 접힌 주름 속에 푹 파묻힌 잠자는 재판관들은 구경꾼들의 함성에 따라 몸을 좌우로 흔들었고, 코앞에서 터지는 폭죽에도 전혀 아랑곳없이 그저 앞으로 앞으로 걸어갈 뿐이었다. 거리는 재판관들을 둘러싼 군중의 물결로 일렁였다. 이따금 창백한 흙빛에, 무표정하기 이를 데 없는 그들의 얼굴을 본 사람들은 소스라치게 놀랐다. 까마득한 선사시대부터 잠에 빠져, 마치 차갑게 식어버린 주검 같은 재판관들의 얼굴은 공포를 불러일으키기에 충분했다.

이즈카다르는 다리 위로 올라가 주위를 한 바퀴 둘러보았다. 도시는 멀쩡하게 살아 움직이고 있었고, 구경꾼들과 각종 조합원들의 행렬은 파도처럼 거리 곳곳을 메우고 있었다. 비둘기 경찰단의 깃발을 시작으로 줄타기 곡예사들의 묘기와 4대 질병 의사협회, 저수조 현자들의 모임, '슬픔의 거장과 긍휼회'의 침통한 깃발이 연이어 이즈카다르 앞을 지나갔다. 또한 악단의 우렁찬 연주 속에서 날아다니는 석공 조합의 휘황찬란한 깃발을 든 이즈카다르의 옛 동료들이 떠들썩하게 웃으면서, 그 어느 때보다 힘차게 지나가고 있었다.

'저기에 있었더라면 얼마나 자랑스러웠을까.'

다행히 그들 중 어느 누구도 이즈카다르를 알아보지 못했다. 땋은 머리 타래가 없다는 게 밝혀진다면 그는 수치심으로 몹시 괴로웠을 것이다.

"참으로 아름답지 않소?"

등 뒤에서 목소리가 들렸다.

이즈카다르가 깜짝 놀라 돌아보았다.

등불 인간이었다. 가면을 쓰고 있다고 해서 그를 못 알아볼 리는 없었다.

"콜비노, 파란 얼굴에서 등불 인간으로 변했군요. 난 당신이 죽은 줄로만 알았소. 그 속에서 살아 돌아올 수 있는 사람은 당신 말고는 아마 없을 것이오."

"그때, 함께 갔던 광신도들 중 한 명이 나를 벽 쪽으로 밀치는 바람에 기적적으로 살아날 수 있었소. 벽 가운데 툭 튀어나와 있던 돌 아래로 몸을 피할 수 있었거든. 정신이 든 후, 당신을 미친 듯이 찾아다녔지. 아무리 찾아도 없길래 무너진 건물 더미에 깔려 죽은 줄 알았소. 그런데 이렇게 까마귀처럼 입을 헤벌리고 축제 구경을 하고 있다니. 난 당신이 좀더 적극적인 사람인 줄 알았소. 어떻습니까, 내게 석공 일을 가르쳐주는 것이? 머리카락이 다 자라날 때까지 기꺼이 조수가 되어드리리다."

"당신의 파란 얼굴이 더 엷어질 때까지!"

"당신의 머리카락이 자라나듯, 새처럼 날아다니는 석공의 정신이 땋은 머릿속에 더욱 강하게 깃들 때까지!"

허튼소리 돌멩이 종파의 신도들

날아다니는 석공들의 머리 모양
날아다니는 석공 조합은 세 발 갈고랑이파와
네 발 갈고랑이 파로 나뉘어져 있다.

혜성 주점

혜성 포스터

정장용 터번을 쓴 아래층
도시의 부잣집 부부

십 년짜리 문신 형을 받은 파란 얼굴

날아다니는 석공들의 훈련

비둘기 경찰단
이 경찰들은 비둘기를 이용해 서로 정보를 주고받는다.

'슬픔의 거장과 긍휼회'의 깃발
각각 도시의 사형 집행인과 사형 집행 시 곡하는 여인들을 가리키는 말이다. 그들의 깃발은 잠자는 재판관의 행렬이 지나가는 동안 심한 야유를 받는다.

벽돌 만드는 거리

창고 거리

잠자는 재판관 궁으로 가는 관리들을 호위하는 등불 인간들

· Ⅴ · 현기증 도시 —— 141

Le fleuve Wallawa

왈라와강은 낮과 밤의 흐름이 뒤바뀌는 신기한 강이다. 낮의 왕이 지배하는 하지에는 물결이 가장 높게 이는 낮에, 밤의 왕이 지배하는 동지에는 물결이 가장 높게 이는 밤에 남과 북의 두 강변에서 축제가 열린다. 이러한 낮과 밤이 불안정한 균형은 야곱이라는 장인의 출현으로 위태로운 운명에 처하게 된다.

총독의 연설 · 황금 메기 · 낮의 왕 · 밤의 왕
밤의 강의 거대한 파도 · 동지 축제 · 수탉과 부엉이의 싸움
패종시계 · 거장 야곱 이야기

·W·
신기한 왈라와강

　총독이 오래된 다리 위 연단에서 흰 장갑 낀 손을 들어 올리자, 소란스럽던 청중들이 약속이나 한 듯 입을 다물고 일제히 그를 쳐다보았다. 연단 가까이에 늘어서 있던 시의원과 명사 들은 하나같이 뚱뚱하고 기름진 뱃살을 제복 속에 감추고 있었고, 시종일관 잘난 체하며 우쭐대다가 가끔씩 만족스러운 듯 고개를 끄덕였다.

　이어 총독의 손바닥이 왈라와강의 수면을 가리켰다. 그러자 자줏빛 모자를 쓴 세 명의 사내들이 작은 배를 타고 물살을 거슬러 올라가더니, 등 위에 얇은 금박을 입힌 물고기 한 마리를 물속에 던져 넣었다. 소원을 적어 넣은 작은 호리병을 꼬리에 매단 물고기는 물보라를 일으키며 멀리 헤엄쳐 갔다. 녀석은 긴 콧수염이 달려 있어 '고양이 물고기'라고도 불리는 큰 메기였다. 강둑에 모여 있던 사람들은 물살을 가르며 멀어져가는 황금 메기를 오랫동안 지켜보았다.

메기가 시야에서 완전히 벗어나자 총독은 지루한 연설을 늘어놓기 시작했다. 시민들이 궁금해하는 건 딱 한 가지였다. 과연 소문의 진상을 밝혀줄 것인가? 하지만 총독은 어쩌다가 한 번 있는 자신의 연설에 시민들의 눈과 귀가 모아진 것에 흥이 나 있었다. 그는 사람들의 관심을 계속 잡아두기 위해 연설을 질질 끌기만 했다. 그렇게 엉뚱한 이야기들을 주절주절 늘어놓다가 마침내 오래된 다리의 한가운데에 괘종시계탑이 세워질 것임을 선포했다.

"시민 여러분, 지금 제가 서 있는 바로 이 자리에 아주 거대한 시계가 세워질 것입니다. 더할 나위 없이 아름답고 웅장한 작품이 되겠지요. 살아 숨 쉬는 것 같은 사계절 장식물에 삼십 분 간격으로 시간을 알려주는 종도 매달 것입니다."

그는 사람들의 반응을 기다리느라 잠시 연설을 멈추었다. 시민들은 너무 놀라 주먹 하나는 들어가고도 남을 만큼 입이 벌어졌다. 총독은 흐뭇한 미소를 지으며 곁에 서 있던 야곱을 소개했다. 멀리 다른 나라에서 온 그는 둘째가라면 서러울 정도로 뛰어난 시계 제작자였다. 입에 침이 마르도록 그에 대한 칭찬을 늘어놓던 총독은 황금 메기가 우리의 소원을 강 아래 정령들에게 잘 전달

해주기를 바란다는 말로 연설을 갈음했다.

식이 끝난 뒤 연회가 이어졌다. 낮의 왕과 밤의 왕°은 총독의 좌

우에, 야곱은 조금 떨어진 곳에 자리를 잡고 앉았다. 사람들의 관심은 자연스레 그에게로 쏠렸다. 이 주일 전에 도착한 야곱은 북

쪽 강변에 있는 서점 거리에 여장을 풀었다. 사람들이 무엇을 하며 지냈느냐고 묻자, 야곱은 도시의 이곳저곳을 두루 살펴보느라 시간 가는 줄 모른다고 말했다. 그는 도시의 풍습과 통치 방식에 대해서도 많은 관심을 보였다. 특히 왈라와강의 흐름이 밤낮으로 뒤바뀐다는 사실을 알고는 매우 놀라는 눈치였다. 하지만 곧 단호한 표정으로 자연적인 물시계는 장인이 만든 시계의 정확성을 결코 따라올 수 없다는 말을 덧붙였다. 야곱은 동지 축제의 정점인 다음 순서를 기다리며 조바심과 흥분을 감추지 못했다. 그도 그럴 것이, 축제는 도시 사람들이 가장 손꼽아 기다리는 매우 특별한 순간이었기 때문이다.

    어느덧 왈라와강의 물결 위로 어둠이 내려앉기 시작했다. 물빛은 투명함을 잃었고, 교각의 기둥에 부딪혀 물거품을 일으키던 물살은 주저함에 사로잡힌 듯 갑작스레 잠잠해졌다. 공기도 탁해지고 소음도 사라졌으며, 주위는 온통 새카만 어둠으로 물들어갔다. 사람들은 돛단배와 거룻배 들을 말뚝에 단단히 고정시켰고, 청년들 몇은 가벼운 뗏목을 타고 능숙한 솜씨로 물 위를 떠다니고 있었다. 강은 마치 잠들어 있는 커다란 물웅덩이처럼 고요했

○ 왈라와강의 흐름이 뒤바뀌는 역류 시점을 기준으로 낮에는 낮의 왕이, 밤에는 밤의 왕이 각각 사법권을 행사하며, 일 년의 임기 내내 강의 정령들을 위한 제식에 참석한다.

다. 총독은 연단 위에 올라와서 한 해의 가장 긴 밤을 축하한다고 외쳤다.

강물은 떨리는 물결로 그에 화답했다. 수평선 끝에서부터 물살이 울렁거리기 시작했다. 남쪽 강변과 북쪽 강변에서 몰려온 파도가 서로 부딪치면서 거대한 물벽을 만들어냈다. 그렇게 솟아난 물벽은 수면 아래로 흐르는 낮의 물을 물리치려는 듯이 번쩍번쩍하는 근육질의 몸뚱아리를 굴리고 흔들고, 점점 더 크게 부풀렸다. 물결이 일으킨 바람은 나무와 풀을 채찍질하듯 몰아치면서 성난 물결의 도착을 알려주었다. 바로 강의 흐름이 뒤바뀌는 절정의 순간이었다. 도시로 들이닥친 밤의 물결은 두려움과 기쁨이 어우러진 환호성으로 열렬한 환영을 받았다.

정박해 있던 평저선[바닥이 뾰족하지 않고 평평한 옛날 배]과 돛단배 들은 마치 물에 떠 있는 병마개처럼 이리저리 춤을 추기 시작했고, 두루마리처럼 밀려든 물결은 모여 있는 선박들을 한줌의 성냥처럼 가볍게 들어 올렸다가, 아치형 다리 아래로 우르르 던져버렸다. 뗏목 위에서 균형을 잡고 있던 젊은이들은 가능한 한 오랫동안 버티려고 애를 썼다. 그럼에도 불구하고 많은 젊은이들이 비명을 내지르며 얼음처럼 차가운 물속에 빠지고 말았다. 그들은 십 브라스[일 브라스는 사람이 두 팔을 활짝 벌렸을 때의 팔 길이와 비슷하다] 정도 떨어진 곳에서 숨을 가다듬고는 멋쩍은 듯 웃으면서 강둑으로 기어 올라왔다. 밤의 왕이 연단에 등불을 붙이는 것을 신호로 제방과 돛단배, 그리고 집집마다 수천 개의 전등이 일제히 불을 밝혔다. 악단의 연주와 노랫소리가 울려 퍼지자 가면을 쓴 사람들이 오래된 다리의 연단으로 와 총독과 행정관들을 데리고 갔다. 그들은 밤의 왕을 어깨 위에 태우고는 춤을 추며 신나게 거리를 누볐다.

축제는 열두 낮과 열두 밤 동안 계속되었다. 사람들은 달 모양의 케이크를 먹었고, 날마다 엄청난 양의 술을 마셔댔다. 한 해를 마무리하는 의미에서 금전 문제 같은 작은 다툼들을 해결하는가 하면, 술에 취해 시비가 붙어 이가 부러지거나 지키지 못할 맹세를 함부로 하는 일도 허다했다.

이튿날, 폭설이 내렸다. 왈라와강은 밤과 낮의 흐름이 완전히 뒤바뀌기 전에 그대로 얼어붙어 버렸다. 그래서 한쪽은 낮의 흐름을, 다른 한쪽은 밤의 흐름을 나타냈다. 축제는 그렇게 얼어붙은 강물 위에서 북강변 사람들과 남강변 사람들 간의 한바탕 신나는 얼음지치기로 끝을 맺었다.

사람들은 서서히 야곱에게 익숙해져갔다. 그는 무뚝뚝한 표정

축제는 얼어붙은 강물 위에서 북강변 사람들과 남강변 사람들 간의 한바탕 신나는 얼음지치기로 끝을 맺었다.

으로 조금 낡은 털 코트를 걸치고 시간에 쫓기듯 종종걸음을 치며 돌아다녔다. 시에서는 작업실로 쓸 수 있도록 그에게 오래된 방앗간을 내주었고, 골조 공사에 쓸 나무와 철, 쇠붙이와 구리 등 필요한 자재도 미리 가져다주었다. 야곱의 곁에는 다섯 명의 숙련공이 있었고, 그들은 작업장에서나 대장간에서나 항상 열심이었다. 하지만 그들은 초보 기술자들에게는 매우 냉정하고 까다롭게 굴기도 했다.

야곱은 시계탑 공사가 한창인 오래된 다리 위에 서서 도시를 관찰하고는 공책 위에 그림까지 그려가며 그 결과를 빼곡히 적어두었다. 밤잠을 아껴가며 도시의 모든 것을 살피곤 했는데, 어찌나 꼼꼼한지 기러기가 날아가는 길, 이른 아침에 낚시꾼들의 배가 돌아오는 것까지 놓치지 않고 기록해둘 정도였다. 그는 또한 왈라와강의 흐름과 조류의 세기를 연구했다. 사람들이 일러준 대로 거대한 물결이 밀려오는 것은 일 년에 단 두 번, 동지와 하지 때뿐이었다.

동지와 하지를 빼고는 물의 흐름이 뒤바뀌는 역류도 훨씬 부드러워, 낮과 밤의 길이가 엇비슷한 춘분과 추분에는 물의 흐름을 거의 알아챌 수 없었다. 물론 춘분과 추분에도 축제는 열렸다. 특히 하지 때는 각종 수상경기들이 벌어졌다. 강물은 매우 투명했고, 하늘은 구름 한 점 없이 푸르렀으며, 햇빛은 잘 익은 과일처럼 발그레했다. 춘분에는 강물 위에 작은 배를 띄우고 수탉과 부엉이에게 싸움을 붙였는데, 누가 이기느냐를 두고 자신의 일 년 운수를 점치기도 했다. 추분에는 오래된 다리 위에서 제비뽑기를 하여 낮의 왕 측 대표들과 밤의 왕 측 대표들이 한판 겨루기를 했다. 두 왕의 임기는 일 년으로, 일 년 내내 강의 정령을 위한 의식에 참석했다. 총독은 오 년 동안 도시를 통치하는데, 잠은 밤의 왕의 집에서 잤고 식사는 낮의 왕의 집에서 했다.

거장 야곱은 이 모든 것들을 기록해두었다. 그는 완벽한 괘종시계, 다시 말해 걸작을 만들고 싶었다. 시계에는 도시의 주요 인물과 사물 그리고 도시를 상징하는 것까지 죄다 들어가 있어야 했다. 수탉과 부엉이는 물론이요, 소원을 전하는 황금 메기까지도. 야곱은 자신이 만든 시계의 정확성에 대해서는 믿어 의심치 않았다. 다만 종소리가 문제였다. 이 도시에서는 종소리를 전혀 들을 수가 없으니 도대체 어떤 음으로 어떤 멜로디를 만들어야 왈라와 강 사람들의 삶의 주기를 가장 잘 반영할 수 있을지 좀처럼 판단이 서지 않았다.

정각마다 울리게 하되 밤에만 소리를 줄여볼까? 더군다나 밤의 일곱 번째 부분에 해당하는 새벽은 금기의 시간이라고 해서

하지 때는 각종 수상경기들이 벌어졌다. 강물은 매우 투명했고,
하늘은 구름 한 점 없이 푸르렀으며, 햇빛은 잘 익은 과일처럼 발그레했다.

온 도시가 쥐 죽은 듯 조용했다. 사람들은 말을 하지 않았으며, 수탉도 "꼬끼오!" 하는 긴 울음소리를 뽑아내기 전이었다. 그것은 악몽의 시간이었고, 병마가 침입하는 시간이었다. 그렇다면 종을 울리지 않고 그냥 지나가는 것이 좋지 않을까? 거장 야곱은 잠을 이루지 못하고 밤새 여러 가지 문제점에 대해 생각했다. 예를 들어, 시계의 문자판에 셀레나이트석 가루로 달이 주기에 따라 변하는 모습을 그려 넣는 것은 어떨까? 물론 그 귀한 물건을 구할 수만 있다면 말이다…….

시계탑 건설은 빠르게 진행되었다. 귀빈석으로 사용할 발코니는 이미 완성된 상태였다. 나중에 그 발코니는 시민들의 만남의 장소가 되었다. 사람들은 오래된 다리 위에 들러 한마디씩 참견하는 것을 잊지 않았으며, 머지않아 시계탑이 도시의 명물이 될 것을 추호도 의심치 않았다. 트집 잡기 좋아하는 심술쟁이들조차도 그 부분에 대해서는 시비를 걸지 않았다. 언제까지 창문 밖으로 내다보이는 강물에만 의지해 살 수는 없는 일이었다.

겨울에는 해가 짧고, 여름에는 해가 길다는 것은 자연의 아름다운 조화이다. 하지만 강물은 동전을 하나하나 세듯이 정확하게 시간을 재지는 못했다. 강물의 흐름은 물시계로 사용하기에는 너무나 불규칙했다. 장마 때면 강물이 대책 없이 불어나서 낮의 물결과 밤의 물결이 뒤바뀌는 역류 시점이 한두 시간 정도의 오차를 보이기도 했고, 가뭄이 들 때는 강물이 아예 말라붙어 시간을 어림할 수조차 없었다. 게다가 땅거미 질 무렵과 새벽 무렵은 너무나 모호한 시간대였다. 그 시간대에 물은 흐름을 멈추고, 물빛은 완전히 검지도 완전히 투명하지도 않았으며, 대부분의 범죄는 바로 그때 벌어졌다. 낮인지 밤인지 도통 종잡을 수가 없어 낮의 왕의 사법권으로 처리해야 할지, 밤의 왕의 사법권으로 처리해야 할지 결정할 수가 없었다. 덕분에 정직한 사람들의 삶을 좀먹는 교활한 죄인들은 법망을 교묘히 피해 갈 수 있었다. 낮인지 밤인지 구분만 확실했다면 누구도 그처럼 쉽게 죄를 짓지는 않았으리라.

 거장 야곱은 생애 최고의 걸작품을 완성하는 데 이토록 시간이 오래 걸릴 줄은 몰랐다. 시계탑도 시계탑이지만 무엇보다 교량을 먼저 보강해야만 했다. 지난여름, 거칠게 솟구친 물살 때문에 다리 기둥 중 하나에 금이 가서 무너질 위험에 놓여 있었기 때문이다. 작업실에서는 또 다른 문제가 그를 괴롭혔다. 설계도는 설계도대로 속을 썩였고, 복잡한 연산을 수행하느라 밤낮으로 머리를 싸맨 채 끙끙 앓아야 했다. 오만한 거장은 동료들에게 도움을 청하기는커녕 열 사람이 머리를 짜내어도 해결하기 힘든 문제를 혼자 푸느라 무던히도 속앓이를 했다. 갈수록 짜증이 늘었으며, 먹고 자는 일은 아예 잊어버린 듯 굴었다.

　전등을 들고 어두운 밤거리를 거닐던 야곱은 다른 구역으로 통하는 문 앞에 다다랐다. 그의 입에서 저절로 볼멘소리가 터져 나왔다. 산책하는 동안 열 번도 넘게 "문을 열어라." 하고 외쳐야 했기 때문이다. 그제야 다리가 휜 문지기가 잠이 덜 깬 듯 몸을 벅벅 긁으면서 느릿느릿 걸어 나왔고, 이에 불같이 화가 난 야곱은 문지기의 따귀를 세게 올려붙였다. 그 소문은 삽시간에 퍼져 다음 날 총독의 귀에까지 들어가게 되었다. 그러나 야곱은 문지기뿐 아니라, 밤의 왕에게도 사과할 수 없다고 버텼다. 그의 입장에서 보면 도시는 온통 시간을 낭비하게 만드는 것들 투성이였다. 공사는 이미 두 달이나 늦어지고 있었다. 야곱은 그 시간이 우둔한 왈라와강 사람들이 문을 열어주는 데 걸린 시간이라고 생각할 정도였다.

　총독은 야곱에게 의사 두 명을 보냈다. 얼굴이 창백하고 수척해진 야곱은 밤 의사와 낮 의사 두 명에게 각각 진찰을 받아야만 했다. 그들은 극도로 심한 피로가 낮에서 비롯된 것인지, 혹은 밤에서 비롯된 것인지를 알아내기 위해 차례로 맥을 짚어보면서 논란을 벌였다. 낮 의사는 억지로 웃음을 지어 보이면서, 세상에는 꼭 사백마흔네 가지의 질병과 일곱 가지의 다른 맥박이 있노라고 설명해주었다. 그의 가늘고 긴 손가락이 마치 바이올린 연주를 배우는 거미 다리처럼 거장 야곱의 손목 위를 기어 다녔다. 그동안 다른 의사는 의자 위에 축 늘어진 채, 처진 볼을 불룩하게 부풀리며 한숨을 내쉬었다. 밤 의사는 달빛이 비치는 시간에 진찰하기로 했다.

진단을 내리는 낮 의사의 말투는 단호했다. 야곱은 그의 시계 속 톱니바퀴처럼 깡마른 체질이라 몸속의 체액들이 제대로 순환하지 못하는데다가 과로 때문에 자연스러운 낮과 밤의 생체리듬까지 깨어졌다. 지난 몇 달 동안 몸을 지나치게 혹사시킨 결과, 뇌는 지칠 대로 지쳤으며, 신체 내부에서 필요로 하는 갈증을 제때 풀어주지 못해 이마는 과즙이 모두 빠져버린 사과처럼 바짝 오그라들게 됐다는 것이다. 게다가 시계를 만드는 사람들은 죄다 이와 유사한 병을 앓고 있으며, 노화도 빨리 진행돼 다른 사람들보다 일찍 늙게 된다고 했다. 어느 누구도 아무런 대가 없이 흐르는 시간에 손을 담글 수는 없었으므로. 야곱에게는 밤의 왈라와강 물에 메기 간유 삼십 그램을 희석시켜 규칙적으로 복용한다면 활기와 건강을 되찾을 거라는 처방이 내려졌다.

낮 의사는 억지웃음을 지어 보이며, 이제 죽은 피를 뽑아내기 위해 처방된 약을 마실 시간이라고 말했다. 그대로 두면, 몸속 죽은 피는 인체를 쇠잔시키기 때문이다. 하지만 거장 야곱은 버럭 소리를 질렀다.

"이 바보들아, 나는 아픈 게 아니야. 너희들은 쓸데없는 일로 내 시간을 축내고 있다구!"

두 의사는 총독에게 야곱이 한 말을 고자질하면서 그를 미치광이라고 욕했다. 하지만 야곱은 '흘려보내기만' 했던 시간을 측량할 줄 아는 매우 뛰어난 장인이었기에 총독의 신임은 달라지지 않았다.

얼마 뒤, 거장 야곱이 작업장으로 돌아왔다. 시간이 갈수록 태엽 인형들은 제 모양을 갖추었다. 문자판에 멋진 장식을 그려 넣을 화가가 합류하자 서서히 괘종시계라는 꿈에 색깔과 모양이 덧입혀졌다.

어느덧 삼 년이 지났다. 거장 야곱은 다른 기술자들이 모두 지켜보는 가운데 마지막으로 시계를 조작했다. 거대한 톱니바퀴와 용수철, 원뿔 도르래, 체인, 추와 같은 장치들로 이루어진 작은 세계가 드디어 그 문을 활짝 열었다. 정확한 계산에 따라 밤이 되면 문자판은 색깔이 바뀌었다. 별들이 쏟아져 내릴 듯 반짝거렸고,

셀레나이트 덩어리로 조각한 달은 스물아홉 밤을 주기로 그 모양을 달리했다.

예고했던 것처럼, 동지 축제 때 괘종시계탑의 개막식이 거행되었다. 시민들은 설레는 마음으로 이 순간을 손꼽아 기다렸다. 개막 행사를 위해 복장, 간판, 가면, 전등, 초롱 등 모든 것이 최고로 아름답게 꾸며졌다. 정확히 낮 열두 시가 되자 기계로 만든 물고기 한 마리가 괘종시계 밖으로 튀어나왔고, 종소리가 기세 좋게 울려 퍼졌다. 바로 그 순간, 총독의 손이 왈라와강의 수면 위를 가리켰고, 어부들은 도시의 전통에 따라 황금 메기를 강물에 던져 넣었다. 하지만 뒤이어 시작된 잔치에서는 활기를 찾아볼 수가 없었다. 사람들의 불안한 눈초리는 좀스러운 행진을 하고 있는 시곗바늘을 따라가고 있었다. 아직 밤이 되려면 멀었지만, 시곗바늘을 바라보며 만조를 기다리던 사람들은 조바심이 났다. 기다리던 파도가 강 위로 밀려온 것은 시곗바늘이 다섯 시 십칠 분을 가리켰을 때였다. 같은 순간에, 밤의 왕의 피리 부는 사람과 북 치는 사람들이 축제의 시작을 알렸다. 사람들은 연단 위에서 서로 얼싸안았고, 입에 침이 마르도록 거장 야곱과 그의 일꾼들을 칭찬했다. 한겨울 동지 축제의 진정한 주인공은 바로 그들이었다.

거장 야곱은 자신의 걸작품을 좀더 완벽하게 마무리 짓기 위해

봄이 될 때까지 도시에 머물렀다. 그런 다음 최고의 부와 명예를 거머쥐고 자신의 나라로 돌아갔다.

사람들이 방방곡곡에서 시계를 보기 위해 몰려왔다. 매 시간마다, 아니 삼십 분마다 시계는 정확하게 소리를 냈다. 괘종시계는 최신식 기계와 노련한 기술이 만들어낸 멋진 작품이었다. 드디어 물 흐르듯 제한 없이 흐르던 시간에 시계라는 족쇄가 채워졌다. 도시는 규칙적으로 움직였다. 시계탑의 종소리는 일상생활의 기준이 되어 사람들의 활동을 규제했고, 모든 이에게 동일한 시간이 주어졌다. 안개 속에서도 정오를 알리는 종소리는 어김없이 울려 퍼졌다.

강물은 예전의 신비한 매력을 잃은 지 이미 오래였다. 도시의 무사태평함은 옛말이 되었다. 일을 하세, 일을 하세……. 쉬지 않고 돌아가는 시곗바늘은 낡은 모자를 쓴 야곱의 조급한 종종걸음을 연상케 했다. 사람들은 시간을 잴 줄 알게 되었고, 더는 시간을 낭비하려고 하지 않았다. 게다가 집집마다 추시계가 생겨났다. 도시의 거대한 심장인 시계탑이 그의 노래를 되풀이할 분신을 갖게 된 것이다. 작은 금속 이빨들은 쉬지 않고 시간을 알려주었다. 사람들의 삶을 조금씩 갉아먹으면서 말이다.

어느 화창한 오후, 시의원 하나가 왈라와강의 조류를 조절하여

항해술을 개발할 계획을 발표했다. 그때는 이미 거장 야곱이 세상을 뜬 뒤였다. 사람들은 물의 방향을 바꾸는 운하를 건설하고 저수지를 만들었다. 도시에 아름다운 날들을 선물했던 만조의 시기는 자취 없이 사라졌고, 사람들은 비용이 많이 든다는 이유로 낮의 왕과 밤의 왕 제도를 없애버렸다.

꽤 오랜 세월이 흐른 뒤, 한 어부가 말라버린 왈라와강 지류의 진흙 바닥 속에서 반쯤 남은 메기의 몸뚱이를 건져 올렸다. 그것은 매우 특이하게도 지느러미와 등에 군데군데 금박이 입혀져 있었다. 그 어부는 칼로 끈덕지게 물고기의 등을 긁어 금박 무늬에서 떨어져 나온 금가루를 손에 쥘 수 있었다.

자연의 섭리에 따라 살아가던 시절의 흔적은 오로지 그것이 전부였다.

방앗간을 개조한 거장 야곱의 작업실

왈라와강 어부들의 간판

수탉과 부엉이 모양의 태엽 인형

춘분에 열리는 수탉과 부엉이의 결투

낮의 왕의 북

낮의 왕의 범선

꿈 장수
그가 파는 밤의 물은 꿈을 잘 꾸게 하고, 불면증을 낫게 해준다.

밤 의사

구역의 대문

밤의 왕의 범선

북쪽 늪
북쪽 늪은 왈라와강이 시작되는 곳이다. 그곳에는 낮도 없고 밤도 없다. 또한 졸음병이 지배하는 곳으로, 사람들을 영원한 최면 상태에 빠지게 한다.

강둑 위로 건져 올린 북쪽 늪의 괴물

· W · 신기한 왈라와강 ── 165

Le pays des Xing-Li

옛날 옛날에 대상隊商들이 지나다니는 길의 교차로에 싱리라는 나라가 있었다. 싱리는 상인들의 손바닥에서 달그락거리는 동전 소리를 떠올리게 할 정도의 활발한 교역으로 부를 이룬 나라였다. 하지만 사막의 건조한 바람은 싱리의 풀밭을 죄다 말라붙게 했고, 도시를 황폐하게 만들었다. 이제 이 나라에서 팔 수 있는 물건이라고는 눈에 보이지 않는 이야기뿐이다.

모래 도시 · 항아리를 뒤집어쓴 은둔자 · 이야기꾼
비취 나라를 방문한 대사 · 초상화에 반한 황제 · 공주들의 길
위안과 이야기꾼 공주 이야기

X

이야기 나라 싱리

　한낮의 뜨거운 태양 아래서 바닥을 드러냈던 오아시스는 저녁 무렵이 되자 다시금 물기를 머금었고, 마을은 낙타가 끄는 큰 이륜마차의 삐걱거리는 소리와 함께 활기를 되찾았다.

　여느 날 저녁과 다름없이 집 앞에서 마차를 기다리던 위안은 지나가던 마차를 큰 소리로 불러 세웠다. 마차 안에는 이미 대여섯 명의 손님이 자리를 차지하고 있었다. 늙은 위안은 동전 한 닢을 내고 사람들 틈에 끼어 앉았다. 사람들이 찾아가는 곳은 모래 도시였다. 비록 구식 이륜마차 속에서 짐 보따리처럼 흔들리기는 했지만, 먼 곳을 향한 두 눈은 꿈을 꾸듯 끔뻑였고 선선한 저녁 바람이 닿은 두 볼은 발그레하게 상기되어 있었다.

　폐허가 된 도시의 성안에는 아무도 살지 않았다. 하지만 밤이 되면 방문객들로 북새통을 이루었다. 하나같이 재미있는 이야기를 듣기 위해 먼 길도 마다하지 않고 몰려온 사람들이었다. 성문 앞에는 별 점괘와 부적 등을 파는 장사치들과 손금 봐주는 사람, 항아리를 뒤집어쓴 은둔자, 떠돌이 재판관, 중매쟁이, 색색의 약병을 이고 다니는 약장수들로 발 디딜 틈이 없을 정도였다. 모자에 깃털 펜을 꽂고 손에는 잉크병을 든 '말을 다듬는 사람'도 있었는데, 그는 엽전 두 닢만 주면 말로는 결코 할 수 없는 언어를 종이에 써주었다. 저승사자로 변장한 사람이 주막집을 어슬렁거리는 것을 보고는 진짜로 저승사자를 만났다며 호들갑을 떠는 사람도 있었다. 그들의 말에 따르면, 저승사자는 깊은 우물 속 자갈처럼 퀭한 눈이 박힌 깡마른 노파의 모습을 하고 있다고 했다.

이야기꾼이 도착하자 사람들이 술렁거리기 시작했다. 그들은 상점 구석에 있는 오래된 성벽 아래에 앉아 색깔 있는 전등에 불을 붙였다. 낯익은 단골들에 둘러싸인 이야기꾼들은 다른 이야기꾼들을 살짝살짝 훔쳐보면서 손님들의 주의를 끌기 위해 과장된 몸짓을 하거나 시끄럽게 웃어대기도 했다.

위안은 천천히 거닐면서 아는 사람을 만나면 가볍게 고개를 숙여 알은체를 했다. 그는 '달을 사랑하는 여우의 자리'를 좋아했다. 운이 좋으면, 나스루딘 호자를 만날 수도 있었다. 나스루딘 호자는 근래 가장 인기 있는 모래 도시의 이야기꾼으로, 포동포동하

게 살진 몸에 우스꽝스러운 옷을 걸치고 끝없는 수다를 풀어놓았다. 둘째가라면 서러운 허풍에, 부질없이 풀어내는 시답잖은 소

리는 세상의 모든 거짓말쟁이들이 울고 갈 정도였다. 재담을 할 때마다 터져 나오는 시끄러운 웃음소리 때문에 사람들은 멀리서

· X · 이야기 나라 싱리

도 단번에 그의 존재를 알아챌 수 있었다. 나스루딘은 분위기를 띄우려고 새장에 숨겨놓은 웃는 두꺼비[바일라바이칼의 맑은 물 호숫가에 사는 동물]를 이용하지도, 스스로의 흥을 돋우려고 앵무새 나무의 씨앗을 먹는 일도 없었다. 그의 주변은 항상 사람들로 북적거렸다. 그가 일어서면 모여 있던 사람들이 바닷물처럼 양쪽으로 갈라지면서 길을 터주었고, 너무 웃어 딸꾹질을 하면서도 그의 뒤꽁무니를 졸졸 따라다녔다.

최고의 재담꾼인 나스루딘은 바보 중의 바보였으며 도저히 미워할 수 없는 순진무구한 사람이었다. 몇몇 사람들은 끝내 웃음을 참지 못하고 바닥을 떼굴떼굴 구르다가 눈물을 찔끔거리기도 했다. 만약 누군가가 언짢은 얼굴을 하면 나스루딘은 그들이 폭소를 터뜨릴 때까지 우스꽝스러운 얼굴을 바짝 들이대며 기가 막힌 농담을 줄줄 쏟아낼 것이다. 그날 저녁, 나스루딘은 마치 공중에 붕 뜬 것 같은 목소리로 시를 읊어댔는데, 그 모습이 어찌나 우스웠던지 튀김을 베어 물던 관객 하나는 웃다가 목이 막혀 죽을 뻔하였다.

위안처럼 산전수전 다 겪은 사람조차 발작처럼 터지는 웃음이 가라앉기를 기다렸다가 다시 길을 갈 정도였다. 그는 기침을 하면서 '네 마리의 절름발이 고양이 거리'를 지나갔다. 옛날에는 향수 시장이었던 광장에 백여 명의 사람들이 모여 카라굴의 이야기를 들고 있었다. 카라굴은 이야기와 모래시계 기술을 조화시킨 최고의 예술가였다. 그의 상상력은 끝을 알 수 없을 만큼 풍부했으며, 주특기는 다양한 몸짓으로 엉뚱한 인물들을 흉내 내는 것이었다. 특히 그는 성대모사의 달인이었다. 동물들은 물론이요, 술주정꾼의 울음소리까지 완벽하게 재현해냈다. 그는 이야기를 하면서도 모래시계에서 눈을 떼지 않았다. 카라굴은 언제나 그의 명예를 걸고 마지막 모래알이 떨어지는 순간에 이야기를 끝마쳤다.

여러 가지 색깔이 뒤섞인 모래들은 천천히 흘러내리면서 모래시계의 아래쪽에 어떤 형상을 만들어냈다. 사람들은 모래시계에 생겨난 그림이 그가 방금 들려준 이야기와 일치하는 것을 보고 다시 한 번 놀라움을 금치 못했다. 위안은 카라굴에게 돈을 주고 다시 발걸음을 옮겼다. 산책하듯 느릿느릿 걷고는 있었지만 아무 곳이나 발길 닿는 대로 가는 것은 아니었다. '빗소리 북 다리'를 건너자 익숙한 고통이 그를 사로잡았다. 그는 난간에 기대어 앉아 숨 고르기를 하며 뛰는 가슴을 진정시켜야 했다.

위안은 자신이 너무 늙었다고 생각했다. 조금 떨어진 곳에서는 폭풍우의 바람 소리를 항아리에 넣어가지고 다니는, 바람 장사꾼들이 서 있었다. 그들이 들려주는 뱃사람 이야기는 사막 지대인 이곳에서도 뱃멀미를 느끼게 할 만큼 생생했다. 하지만 위안이 원하는 건 소금기 밴 먼 나라의 모험담이 아니었다. 그런 종류의 모험담은 이미 다 알고 있는 내용이었다. 물론 그는 바다를 배경으로 한 이야기들이 쉽게 뿌리칠 수 없는 매력을 갖고 있다는 것도 알고 있었다.

위안은 여러 나라를 돌아다니며 갖가지 탐험을 하는 데 말년을 보냈다. 덕분에 그의 머릿속에는 공포스러운 이야기, 터무니없는 이야기, 웃음을 주는 이야기, 눈물을 쏙 빼는 이야기 등등 온갖 종류의 이야기보따리들로 가득했다. 이야기로 세계 일주를 했다고 해도 가히 틀린 말은 아니었다. 하지만 위안은 그녀를 만나면서 새로운 이야기의 매력에 푹 빠지고 말았다. 드디어 시간이 되었다. 위안은 한 손으로는 벽을 짚고, 다른 한 손은 쿵쾅거리는 가슴께에 올려놓은 채 '길 잃은 아이들 거리'의 계단을 한 걸음씩 올라갔다.

그녀는 뜰 한가운데 양탄자를 깔고 그 위에 다소곳이 앉아 있었다. 청중이 없다는 사실 따윈 전혀 개의치 않는 모습이었다. 전등 불빛은 언제나처럼 꺼질 듯이 흔들리고 있었다. 위안에게는 그녀가 가장 멋진 이야기꾼이었다.

'천일야화의 세헤라자데도 그녀 곁에선 빛을 잃을 게 분명해.'

하지만 이 여자가 할 수 있는 이야기는 오직 한 가지뿐이었다.

몇 달 전 처음 그녀가 이 모래 도시에 들어왔을 때에는 어찌나 많은 사람들이 몰려들었는지 나스루딘조차 마음을 놓지 못하고 불안해할 정도였다. 하지만 사람들은 서서히 그녀의 이야기에 싫증을 내기 시작했다. 일주일 전만 하더라도 대여섯 명은 앉아 있었지만, 이삼 일 전부터는 아무도 찾아오지 않았다. 위안만이 유일한 청중이었다. 그는 부끄러움을 감추기 위해 일부러 다른 이야기꾼들을 지나쳐왔고, 이 외진 곳에서 그녀를 다시 만난 것에 대해 매우 놀란 척했다. 하지만 사실을 말하자면, 저녁이 되기가 무섭게 마차에 올라탔고, 오는 내내 그녀를 만난다는 생각에 심장이 쿡쿡 쑤시는 아픔을 느껴야 했다.

두 사람의 인사는 항상 똑같았다. 위안은 자리가 비어 있는지를 손짓으로 물었고, 그녀는 장난꾸러기처럼 어깨를 으쓱해 보임으로써 자리가 있음을 알려주었다. 위안은 은화 한 닢을 내놓았고, 거기에다 재스민꽃 한 송이를 얹어주었다. 분위기가 하도 진지해 위안은 감히 그녀를 똑바로 쳐다보지도 못하고 애꿎은 옷 주름만 만지작거렸다. 그녀는 구겨진 보자기 안에서 작은 초상화를 꺼냈다. 젊고 아름다운 여인의 초상화였다. 초상화를 두 손에 쥐고, 여자 이야기꾼은 이런 이야기를 들려주었다.

옛날 비취 나라는 세계 각국에서 조공을 받는 어마어마한 위세를 떨치는 나라였다. 황제의 궁전에는 세상에서 나는 온갖 보물과 값진 물건들이 쌓여갔고, 머나먼 나라의 백성들도 비취 나라 황제의 발아래 머리를 조아리기를 마다하지 않았다. 고귀한 혈통을 타고난 젊은 황제가 통치하던 어느 날, 황제는 많은 선물들 중에서 작은 초상화 하나를 받게 된다.

그 대목에서 여자 이야기꾼은 실제로 작은 초상화 하나를, 마치 앞에 청중들이 있는 것처럼 팔을 길게 뻗어 보여주며 이야기를 이어갔다.

초상화는 어느 작은 나라 공주의 초상화였다. 젊은 황제는 이전 세대의 황제들과는 달리, 그 선물의 소박함에 불만을 표시하거나 무시하지 않았다. 그의 궁전에는 이미 아름다움과 부유함을 자랑하는 세계 각국의 공주들이 찾아와서 황제에게 선택되기만을 기다리고 있었다. 그런데 젊은 황제는 주위의 만류에도 불구하고 밤낮으로 그 초상화만 들여다보고 있었다. 그러던 어느 날 아침, 그는 손뼉을 쳐 신하를 불러 명령을 내렸다. 초상화의 주인을 당장 찾아오라는 것이었다. 그녀를 만나고 싶은 마음을 황제는 더는 억누를 수가 없었던 것이다.

황제의 신하들은 곧장 명을 수행하러 떠났다. 하지만 아무런 성과도 없이 속속 돌아올 뿐이었다. 한 달이 지나고 나서 마지막 심부름꾼이 흙투성이의 지친 몸으로 돌아왔을 때는 이미 초상화를 가져왔던 대사조차 떠난 후였다. 대사의 나라는 틀림없이 지도에서도 찾을 수 없을 만큼 아주 작은 나라였을 것이다. 그 나라에 대해 아는 사람은 아무도 없었다. 할 수 있는 일이라고는 그냥 포기하는 것 뿐이었다. 초상화는 그저 그림일 뿐, 사람이 아니었으므로. 모두가 이 생각에 동의했지만, 누구 하나 감히 황제에게 직접 말로 전하는 사람은 없었다. 왜냐하면 지금까지 그 초상화와 비슷한 초상화가 여러 번 궁에 보내져 왔는데, 그 그림들은 아무도 찾지 않는 궁전 한구석의 화랑에 걸려 있기만 할 뿐이었고, 직접 그림의 주인공을 찾으러 사람을 보낼 정도로 황제가 초상화에 관심을 가진 적은 이번이 처음이었기 때문이다.

젊은 황제는 끓어오르는 피를 억누르지 못하고 몹시 분노했다. 그는 왕국 안을 샅샅이 뒤졌고, 그 여자를 찾을 방법을 알아낼 때까지 자문관들을 괴롭혔다. 그는 순례자와 상인 들을 매수하는가 하면, 점쟁이와 허풍선이 장사치 들을 불러 그림 속 여자를 찾아오라며 엄청난 돈을 퍼주기도 했다. 하지만 모든 것이 헛수고로 돌아가자, 이성을 잃은 황제는 이제 그만 포기하라고 조언하는 신하들의 목을 베어버림으로써 실컷 분풀이를 했다. 결국 젊은 황

결국 젊은 황제는 직접 공주를 찾아 길을 떠나기에 이르렀다.

제는 직접 공주를 찾아 길을 떠나기에 이르렀다.

　이 대목이 위안이 가장 좋아하는 부분이었다. 이 순간만 되면 위안은 황제가 되어 길을 떠나는 기분이 들곤 하였다. 두 눈을 지그시 감고, 이야기꾼의 목소리에 취해, 비취 나라 황제의 길고 긴 절망스러운 여정을 되새기곤 하였다.

　황제는 수많은 수행원들을 거느리고 궁정에서의 호사를 고스란히 누리면서 여행을 시작하였다. 하지만 날이 갈수록 편안함과 풍요로움은 포기할 수밖에 없었다. 한편, 황제가 자리를 비운 사이 궁에서는 각종 음모와 소요가 일어났고, 마을마다 전염병이 돌았으며, 국경 지대에서는 전쟁의 소용돌이가 끊이지 않았다. 그뿐이 아니었다. 홍수와 가뭄 때문에 왕국의 영토는 황폐해질 대로 황폐해져갔다. 하지만 그 어떤 것도 그를 예전의 황제로 되돌려놓지 못했다. 황제는 자신에게 상실과 불행만을 가리키는 나침반을 고집스레 놓지 않았다. 그의 고문관들과 근위대 병사들, 신하들은 모두 차례차례 그를 배신했고, 마지막 남은 재산마저 빼앗아 도망쳐버렸다.

　여자 이야기꾼은 이어서 황제가 지나간 마을들을 묘사해주었고, 작은 비단 주머니 속에서 닳고 뭉개진 그림에 대해, 또한 황제의 질문을 비웃거나 혹은 대꾸조차 하지 않던 사람들에 대해서도 이야기했다. 세월은 황제의 머리카락을 하얗게 변화시켰다. 다른 사람들의 눈에 그는 황제가 아니라 감히 황제임을 자처하는 사람일 뿐이었다. 어느 누가 이 헐벗은 방랑자를 그렇게 큰 나라의 황제라고 믿을 수 있겠는가? 방랑자는커녕 오히려 미치광이로 보였을 것이다. 태양과 달에게 말을 걸고, 길 위에 아무렇게나 쓰러져 자고, 악천후 속에서도 가던 길을 멈추지 않는, 마치 유령 같은 미치광이.

어느 날 아침, 황제는 갑작스러운 분노가 치밀어 올라 잠에서 깨어났다. 그는 초상화에 대한 증오를 억누를 수가 없었다. 그것은 그가 가졌던 막무가내의 사랑만큼이나 강렬하게 그의 마음을 어지럽히는 격렬한 미움이었다. 그는 초상화가 든 비단 보자기를 있는 힘껏 멀리 집어던졌다. 그러면서 속으로는 다른 어떤 불쌍한 이가 자신의 불행을 고스란히 이어받기를 바랐다. 그림 속 공주의 매력에 풍덩 빠져 자신이 겪었던 기쁨과 고통의 나락을 똑같이 겪기를, 그래서 결국엔 절망의 구렁텅이 속으로 빠지기를 빌고, 또 빌었다.

길을 떠난 뒤 처음으로 황제는 자신이 있는 곳이 어디인지가 궁금해졌다. 그가 서 있는 곳은 오래되어 보이는 큰 길가였다. 마침 지나가던 농부가 그곳은 싱리라는 곳이며, 물질적인 부에 염증이

난 수많은 상인들이 모래알처럼 흩어져 살고 있는 나라라고 알려주었다.

위안은 사막 한가운데에 벽돌 몇 장으로 뚝딱 지은 것 같은 작고 허름한 마을로 들어섰다. 그는 서른 마리 정도 되는 나귀와 노새를 이끌고 막 출발하려는 대상과 마주쳤다. 알고 보니 대상을 이끄는 자는 상인이 아니라 이야기꾼이었다. 그는 아마도 자신이 싱리에서 가장 훌륭한 이야기꾼일 거라고 우스갯짓을 하며 인사를 했다. 이야기꾼은 자신의 책장을 요란한 몸짓으로 가리키며, 지금까지 단 한 번도 자신과 떨어진 적이 없는 책들이라고 말했다. 그는 위안이 학식이 있어 보이는 데다가, 자신의 말에 흥미를 느끼는 것을 보자 으쓱하며, 자신의 여정에 위안이 동반해줄 것을 제안하였다. 그리고 위안에게 그동안 그가 겪은 갖가지 모험에 대해 자세히 들려달라고 부탁하였다.

위안이 자신의 이야기를 끝마치자 그가 물었다.

"우리가 가고 있는 이 길의 이름을 아십니까?"

위안은 모른다고 대답하였다.

"이곳은 '공주들의 길'이라 불립니다. 싱리의 큰 도시 세 개를 연결해주는 길이지요. 옛날에 그 도시들은 아름다운 사람들과 훌륭한 장인들로 매우 유명했답니다. 특히 초소형 초상화가 가장 이름을 날렸습죠. 상인들은 초상화를 주거래 물품으로 삼았습니다. 아름다운 그림들은 비단 두루마리나 진주 목걸이와 맞바꿀 정도였고요. 그것들은 사람들의 손에서 손으로 전해지고, 이 나라에서 저 나라로 건너가기도 했습니다. 아마도 당신 이야기 속의 그림도 어느 대사의 손으로 흘러들어 가 비취 나라 황제에게 선물로 바쳐진 것이겠지요. 충분히 있을 수 있는 일입니다. 아마도 그는 황제가 초상화에 털끝만큼도 관심을 갖지 않으리라고 믿었기 때문에 뒷일은 생각지 않고 아무런 걱정 없이 선물했을 것입니다. 만약 당신의 이야기가 사실이라면, 당신은 당신의 전 생애를 번민하게 만든 그 물건을 그것이 태어난 곳으로 돌려보낸 것이 됩니다……."

이야기꾼은 거기까지 말한 뒤, 호탕하게 웃음을 터뜨렸다. 위안도 그와 함께 웃어주었다. 하지만 위안은 자신에게 있어서 그 초상화는 영원히 자신만의 비밀로 남게 될 것임을 알았다. 어떤 이야기도 그 옛날 어느 봄날에 그가 처음 초상화를 보았을 때 받았던 감정의 소용돌이를 그대로 전해주지는 못할 것이다. 그가 사랑에 빠진 것은 결코 단순한 그림 한 장이 아니라는 것을 아는 사람은 오직 자기 자신밖에 없었으므로…….

여자 이야기꾼은 숄로 작은 초상화를 감쌌다. 그녀는 나이가 지긋했지만, 여전히 아름다웠다. 손가락은 가늘고, 곱게 주름진 얼굴은 보기에 좋았으며, 평화로운 호수 같은 검은 눈은 둘레에 그려진 눈썹 먹으로 더 커 보였다. 위안은 마음속 욕망과는 달리, 감히 그녀의 눈을 똑바로 쳐다볼 수가 없었다. 그는 한숨만 내쉬고 자리를 떠나려다, 입 밖으로 한마디가 튀어나왔다.

"제가 그 초상화를 좀 볼 수 있을까요?"

하지만 그 말은 오랫동안 그녀에게 하고 싶었던 말과는 전혀 다른 말이었다.

그녀의 두 눈이 슬픔의 장막으로 어두워졌다. 그녀는 노인에게 초상화를 건넸다. 떨리는 손으로 초상화를 받아 든 위안은 도저히 눈을 뗄 수가 없었다.

한동안의 침묵을 깨고 그녀가 물었다.

"당신은 누구신가요?"

"내 이름은 위안이요."

생각에 잠긴 채 노인은 대답했다.

"나는 옛날에…… 아니, 이제 그런 것은 중요하지 않소."

노인은 한숨을 내쉬며 말했다.

"나를 보세요, 위안. 제발 나를 바라봐 주세요. 당신이 손에 들고 있는 그 얼굴은 바로 나랍니다."

그녀는 자신의 베일 자락으로 비취 나라 황제의 볼 위로 흐르는 눈물을 닦아주었다.

이야기꾼 공주

비취 나라로 조공을 바치러 가는 대사 일행

싱리 연극단의 마차
싱리에서는 일 년 넘게 여행해온 마차들도 만날 수 있다.

떠돌이 재판관
그는 은으로 된 작은 함에 거미를 넣어 가지고 다닌다. 자신의 판결문이 거미줄처럼 죄인을 척척 옭아매기를 바라는 마음에서다.

개구리 이야기를 춤으로 풀어내는 춤꾼들

괴물 조련사
이 괴물들은 발에 작은 종을 달고 춤을 추는 젊은 무희들의 도움으로 동굴에서 붙잡아 온 것이다.

모래시계 이야기꾼

항아리를 뒤집어쓴 은둔자
굵고 우렁찬 목소리 때문에 '시끄러운 소리꾼'이라고도 불린다.

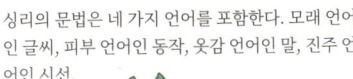

싱리의 문법은 네 가지 언어를 포함한다. 모래 언어인 글씨, 피부 언어인 동작, 옷감 언어인 말, 진주 언어인 시선.

싱리의 문법학자

· X · 이야기 나라 싱리 —— 187

Le pays des Yaléoutes

어느 날, 얄레우트인의 나라에 푸른 제복을 입은 낯선 사람들을 태운 커다란 배가 나타났다. 그들은 떠날 때 얄레우트만에서 멀리 떨어진 자신들의 나라로 추장의 아들이자 젊은 사냥꾼인 노힉을 데려갔다. 몇 년이 지나, 커다란 배는 다시 얄레우트인의 나라로 되돌아왔고, 얄레우트인들은 그들을 맞이하기 위해 모래사장으로 몰려 나갔다.

범선 일각 고래의 원정 · 푸른 제복 사람들 · 다섯 손가락 갑
바다사자 사냥 · 곰 가면 춤 · 터무니없는 조약 · 새 노인과 자고새
바다에서의 싸움 · 돌발 사태 · 노힉 이야기

· Y ·
얄레우트인의 나라

배는 얄레우트만의 한가운데에 정박해 있었다. 모선에서 내린 푸른 제복을 입은 사람들은 보트 두 척에 나누어 타고 천천히 해안가로 다가왔다. 멀리 구름 띠를 두른 빙산이 영롱한 보석처럼 반짝이며 물살을 따라 떠내려가고 있었다.

해안가에는 이들을 맞이하러 나온 사람들로 북적거렸다. 하지만 그 누구도 선뜻 다가갈 엄두를 내지 못하고 눈만 끔뻑거렸다. 얄레우트인들과 선원들은 한참 동안이나 서로 말없이 바라보았다. 주위는 고요했고, 가끔씩 바닷새가 물속으로 뛰어드는 소리만 들릴 뿐이었다.

바로 그때, 푸른 제복을 입은 사내 하나가 오랫동안 팽팽하게 이어졌던 어색한 침묵을 깨고 얄레우트인들 쪽으로 달려 나왔다.

어리둥절한 것도 잠시, 곧 여기저기서 환호성이 터졌다. 노힉°, 노힉이 돌아왔다! 이상한 옷을 입기는 했지만 분명히 노힉이었다. 하지만 달라진 것은 옷과 거동만이 아니었다. 날렵한 사냥꾼이자 카누 젓기의 명수였던 노힉의 모습은 이미 가뭇없이 사라지고 없었다. 서먹하기는 노힉도 마찬가지였다. 부모님 코에 자신의 코를 비비려던 순간, 낯선 냄새가 콧속으로 훅 끼쳐 왔으니까.

사령관은 이때다 싶어 노힉의 어깨에 손을 얹고는 매우 강한 어조로 알아들을 수 없는 말들을 늘어놓았다. 노힉이 그 말을 통역하자, 얄레우트인들은 너무 놀라 입을 다물 수가 없었다. 노힉이 푸른 제복 사람들의 말을 하다니! 마을의 추장 토노아는 노힉의 말을 귀담아듣고는 즉석에서 긴 환영 인사를 전했다. 몸을 좌우로 흔들며 사령관에게 다가간 추장은 반가움의 뜻으로 그의 코에 자신의 코를 비볐다. 놀란 사령관은 인상을 찌푸렸지만 이를 지켜보던 얄레우트인들과 선원들은 왁자지껄하게 웃으며 박수를 터뜨렸다.

곧 선물 교환식이 거행됐다. 선원들이 운반해온 상자에는 다양한 색깔의 천과 담요, 유리구슬, 칼, 거울, 도끼 등이 들어 있었다.

○ 추장의 아들이자 바다사자 사냥꾼이었던 노힉은 먼 나라에서 온 푸른 제복을 입은 사람들을 따라 떠났다가 몇 년이 지나 그들과 함께 다시 돌아왔다.

· Y · 얄레우트인의 나라

원주민들은 답례로 짐승의 털가죽과 조개 목걸이, 깃털로 장식한 망토를 건넸다.

사령관이 명령하자 노힉이 '천둥 막대'를 집어 들었다. 그리고는 작은 대접에 화약 가루를 쏟아붓고 종이로 된 탄약통을 이빨

·Y· 알레우트인의 나라 —— 193

로 찢어 화약을 싼 뒤, 막대기로 탄알을 밀어 넣었다. 노힉이 장전된 총을 토노아에게 건네자 얄레우트인들은 걱정과 기대가 반반씩 뒤섞인 표정으로 귀를 틀어막았다.

토노아가 하늘을 향해 총을 겨누었다. 하지만 아무 일도 일어나지 않았다. 노힉이 고개를 갸우뚱하며 서 있는 토노아의 한쪽 어깨를 손으로 감싼 뒤, 그의 집게손가락을 화승총의 걸림쇠 위에 놓아주었다. 방아쇠를 당기자 갑자기 빛이 번쩍하더니 공포스러운 천둥소리가 사방에 울려 퍼졌다. 개들은 짖어대고, 아이들은 깔깔거리면서 웃거나 화약 냄새에 기침을 하며 눈물을 찔끔거렸다. 자신만만해진 토노아가 선물을 높이 흔들자 얄레우트의 사냥꾼들도 만족스러운 듯 낄낄거렸다.

잔치는 밤늦게까지 이어졌고, 노힉은 마을에서 묵어도 좋다는 허락을 받았다.

새벽이 되기 전 잠에서 깬 노힉은 숯 타는 냄새를 맡으며 잠든 사람들의 숨소리, 그르렁거리는 소리, 잠꼬대 소리, 이 가는 소리를 들었다. 어둠 속에서 들려오는 그 소리들을 따라 어린 시절의 추억들이 하나둘씩 밀려왔다. 노힉은 조용히 밖으로 나가 해안가를 거닐었다. 조각으로 뱃머리를 장식한 보트들이 가지런히 잠들어 있었다.

낯익은 오솔길을 따라 숲으로 올라가는데 안개 속에서 종소리가 울렸다. 범선 일각 고래에서 아침을 알리는 소리였다. 어찌나 우스꽝스럽고 이상한 족속들인지! 하지만 처음 그들 나라에 갔을 때는 거대한 도시와 엄청난 무기, 넘쳐나는 풍요로움을 보고 할 말을 잃었었다. 또한 얄레우트인에 대한 그들의 넘치는 호기심은 노힉으로 하여금 자부심과 함께 알 수 없는 두려움을 갖게 했다.

노힉은 푸른 제복 사람들의 나라에서 은근한 경멸과 교만을 구별해내는 법을 배웠고, 자신을 바라보는 사령관의 눈빛과 말투에서 그런 불쾌한 조짐을 꿰뚫어 볼 수 있었다. 그들 사이에 끼어들게 되자, 얄레우트 부족의 자랑이자 근본이었던 관습과 행동이 오히려 수치스럽게 느껴졌다.

홀로 된 노힉은 숲의 습한 기운 때문에 몸이 젖지 않도록 식물로 짠 두꺼운 망토를 제복 위에 덧입었다. 멀리 고래섬 위로 기러기 떼가 끼룩끼룩 울면서 날아갔다. 노힉은 소리의 방향만으로도 기러기들이 만의 입구인 다섯 손가락 갑을 향해 가고 있음을 알 수 있었다.

마을이 잠에서 깨어났다. 쿨럭거리는 기침 소리, 개 짖는 소리, 포실포실한 양털처럼 솟아오르는 초록빛 나무들의 연기……. 노혁이 마을로 내려오자 토노아가 그를 따로 불러 물었다.

"푸른 제복 사람들한테 함께 바다사자 사냥을 가자고 하면 좋아하지 않을까?"

분명 그럴 것이다. 고개를 끄덕이던 노혁은 이도저도 아닌 자신의 처지에 새삼 놀랐다. 부인네들은 젊은 아가씨들에게 노혁을 가리키며 속닥거렸고, 아이들은 옷에 달린 단추를 갖고 놀기 위해 앞다투어 그에게 달려들었다. 젊은 사냥꾼들은 지나치게 적대적이거나 너무 소심하게 굴었다. 그리고 토노아는 조언을 구했다. 어느새 이렇게나 많이 변해버린 것일까?

저녁이 되자 사령관이 식사 초대를 했다. 부족의 웃어른들은 일각 고래 범선으로 떠났고, 마을은 여전히 낯설고 소란스러운 기운으로 들떠 있었다.

이튿날, 이웃 마을 사냥꾼들이 대대적인 바다사자 사냥에 동참하러 왔다. 이미 전날 밤에 세 대의 보트가 정찰을 떠난 상태였다. 사냥꾼들은 작살과 창을 준비하고, 물속에서 더 잘 미끄러질 수 있도록 노에 기름칠을 했으며, 가죽으로 만든 밧줄을 꼼꼼하게 살폈다. 여자들은 동물의 말린 방광을 정성스레 바느질하여 만든 부체浮體에 바람을 넣었다.

순간, 그들의 말은 사라지고 제식을 위한 새로운 언어가 우후

죽순 튀어나왔다. 더 이상 바다사자 사냥은 중요한 것이 아니었다. 대신 바다사자들의 조상인 '콧수염 물고기'들에게 그들이 방문할 것임을 공손히 알리는 것이 급선무였다. 얄레우트인들은 서둘러 제사를 지냈다. 제를 지내는 동안에는 마을 전체가 금식을 했고, 한시도 가만히 있지 못하는 아이들도 제자리에 얌전히 앉아 있어야 했다. 이어 얄레우트인들은 이상한 무늬가 새겨진 집의 기둥 아래에 작은 봉헌물들을 가져다 놓았다. 푸른 제복 사람들은 이 모든 과정을 빈정거리는 듯한 눈으로 지켜보고 있었다.

토노아가 사령관에게 자신의 카누에 탈 것을 권하자, 사령관이 그 제안을 받아들였고, 토노아는 그에 몹시 기분이 좋았다. 사실 사령관은 얄레우트인들의 기다란 배가 어떻게 움직이는지 무척 궁금하던 참이었다. 부사령관은 노힉의 카누에 올라탔다.

작은 만은 곧 카누로 가득 찼다. 백여 개의 노들이 같은 동작으로 움직이며 먼바다를 향해 일제히 앞으로 전진했다. 다섯 손가락 갑을 지나자 세찬 파도가 사방에서 카누를 덮쳤다. 하지만 얄레우트인들은 능숙한 조정 솜씨로 파도 숲을 교묘히 빠져나갔고, 울부짖는 큰 물결과 뒤섞이면서도 전혀 두려워하는 기색을 보이지 않았다.

바닷새의 배설물로 뒤덮인 까치만의 절벽이 수평선 위로 그 모습을 드러냈다. 절벽 아래에는 수백 마리의 바다사자들이 서로 뒤엉켜 끽끽 소리를 내며 뒹굴거나, 머리 위로 날아다니는 바다제비와 가마우지 들을 향해 콧망울을 치켜세우고 있었다. 갑자기 파수병 역할을 하던 수놈 하나가 침입자를 알리는 울음소리를 내질렀다. 그러자 정신없이 바다로 뛰어드는 바다사자들의 젖은 등짝이 거대한 괴물처럼 수면 위에서 일렁거렸다. 이어 선봉에 있던 배에서 외침 소리가 들려왔다.

사냥꾼들은 작살을 던졌고, 푸른 제복 사람들이 탄 배에서는 화승총이 일제히 불을 뿜기 시작했다. 토노아도 푸른 제복을 입은 사람들을 흉내 내어 엄청나게 큰 소리로 고함을 지르며 총을 쏘아댔다. 배 한 척이 뒤집어지고 사냥꾼 세 명이 물에 빠졌지만 아무도 관심을 갖지 않았다. 사냥의 매력에 푹 빠진 그들의 심장은 온통 흥분의 도가니였다.

바위는 피로 붉게 물들었다. 사냥꾼들이 첫 번째로 잡은 바다사자를 부위별로 나누었다. 푸른 제복 사람들에게 핏물이 뚝뚝 떨어지는 신선한 간을 잘라주었지만 그들은 입을 삐죽거리며 손사래를 쳤다. 노힉만이 조금도 주저하지 않고 자신의 몫을 감사히 받았다. 그리고 기쁜 마음을 표현하려고 눈알을 굴리고 입술과 뺨에

사냥꾼들은 작살을 던졌고, 푸른 제복 사람들이 탄 배에서는 화승총이 일제히 불을 뿜기 시작했다.

피를 마구 묻히면서 마음껏 먹었다.

푸른 제복 사람들과 얄레우트인들은 함께 어우러져 축포를 쏘고 승리의 노래를 불렀다. 참으로 영광스러운 귀환이었다. 부족의 아낙들은 부체에 묶여 옮겨진 바다사자 고기를 손이 보이지 않을 만큼 날렵하게 자르고, 뼈를 바르고, 가죽을 벗겨냈다. 신이 난 개들은 사람들이 던져놓은 내장 속을 헤집었고, 마을에서는 축제의 시작을 알리는 총성이 울려 퍼졌다.

젊은 사냥꾼들은 밤새 춤을 추었고 나이 든 남자들만이 조금 떨어진 움막에 모여 앉았다.

사냥에서 돌아온 세 번째 날 저녁, 얄레우트인들은 북소리를 따라 큰 집 앞에 모였다. 그들은 축제를 위해 옷과 조가비, 동물의 발톱 등으로 만든 장신구들을 상자 밖으로 꺼냈다.

노힉은 바로 이때다 싶어 얼른 얄레우트 부족의 전통 의상으로 갈아입었다. 어떤 이들은 턱수염과 길게 휘날리는 눈썹을 한 사람 얼굴의 탈을 썼고, 다른 이들은 여우, 독수리, 곰, 까마귀 같은 동물들의 영혼을 자신들의 몸으로 불러들였다. 갖가지 가면을 쓴 사람들은 북소리와 신성한 노랫가락에 맞추어 한 단계 한 단계 의식을 거행했다. 그러나 이를 본 사령관과 선원들은 팔꿈치로 서로 쿡쿡 찌르면서 얄레우트인들이 조잡한 실로 연결한 탈을 이리저리 움직이는 것을 실컷 비웃었다. 그러한 광경은 분명 그들로 하여금 시골 장터를 떠돌아다니는 싸구려 서커스단을 생각나게 했을 것이다.

춤추는 얄레우트인들의 그림자를 비추는 불빛과 사람이 내는 소리라고는 도저히 생각되지 않는 단조로운 콧노래, 그들만의 꿈속으로 깊이 빠져버린 것 같은 신비로운 기운, 마치 훨훨 불타오르는 듯 뜨겁고 정열적인 동물 춤은 아무리 거들먹거리는 구경꾼들이라도 매혹시키기에 충분했다.

노힉은 털과 깃털을 가진 대자연의 형제들과 서로 교감할 줄 아는 자신의 부족이 몹시 자랑스러웠다. 푸른 제복 사람들은 부유하고 군사력은 막강했지만, 순수한 대자연과 신비로운 밤의 떨림에 대한 기억은 단 한 톨도 갖고 있지 않았다.

다음 날은 그렇게 싱겁게 지나갔다. 몸속에 동물들의 영혼을 불러들인 사냥꾼들은 얼이 빠진 듯 몽롱한 미소를 흘리며 이리저리 헤매고 다녔고, 군인들은 상관의 명령에도 불구하고 거푸 독한 술을 마셔댔다.

범선 일각 고래에 승선한 사령관은 처음 품었던 계획들을 다시 한 번 차곡차곡 점검해보았다. 그는 북쪽 해안에 상륙하여, 돌아올 때는 얄레우트만에 대한 지리적인 보고서를 완벽하게 마무리

훨훨 불타오르는 듯 뜨겁고 정열적인 동물 춤은 거들먹거리는 구경꾼들을 매혹시키기에 충분했다.

지을 작정이었다. 그래야만 필요한 식수와 식량을 마지막으로 공급받을 수 있었다. 곧 큰 추위가 닥칠 터였기에 두 달 안에 탐험을 모두 끝내야만 했다. 그는 노힉더러 추장을 불러오라고 명한 뒤 선원들을 모두 갑판에 집합시켰다.

사령관은 깃발로 장식한 보트를 타고 해안가로 갔다. 푸른 제복을 갖춰 입은 선원들이 얄레우트인들의 눈앞에 새로운 선물을 늘어놓았다. 사령관은 얄레우트인들에게 감사의 말을 전하면서 그들에게 새로운 번영의 시대를 열어줄 조약을 체결하자고 말했다. 그러고는 매우 엄숙한 표정으로 두루마리 종이에 적힌 글을 읽어 내려가기 시작했다.

"얄레우트만은 이제부터 영구적으로 우리 나라에 귀속됨을 국왕의 이름으로 선포하는 바이다. 물론 얄레우트만을 지나는 강과 만, 호수와 숲, 황야, 마을과 낚시터, 동식물과 조약돌 하나까지도 모두 포함된다. 얄레우트의 여러 부족들 역시 조약에 따라 국왕의 지배를 받게 될 것이며, 복종과 충성을 맹세하는 대가로 안전을 보장받게 될 것이다."

노힉은 사령관의 말을 통역하면서 목구멍으로 무언가가 울컥 치밀어 오르는 것을 느꼈다. 사령관은 선언문에 날짜와 시간을 적고는 족장들에게 시범이라도 보이듯 먼저 서명을 했다. 족장들은 서로의 얼굴만 멀뚱멀뚱 쳐다보았다. 추장 토노아는 매우 흥분하여 이렇게 외쳤다.

"우리 얄레우트인들이 식물들과 동물들의 운명을 마음대로 결정할 수는 없소이다. 땅도 물도 하늘도 우리 소유가 아니오. 우리 것도 아닌데 어떻게 자네들에게 줄 수 있단 말인가? 아무래도 새 노인에게 조언을 구해야만 할 것 같소이다."

화가 머리끝까지 솟은 사령관이 노힉을 향해 몸을 돌리더니 물었다.

"새 노인이 대체 뭔가?"

"얄레우트만의 인적 없는 섬에 살고 있는 사람입니다. 우리들 중 가장 나이가 많고 현명한 분이지요. 만약 당신이 종이 위에 서명의 '서' 자라도 받게 된다면 그건 그가 한 것이겠지요."

사령관은 얼굴을 붉히며 족장들을 비난했다.

"세상에 얼마나 많은 나라가 있는지도 모르면서……. 당신들이 이 조약을 거부한다면, 또 다른 나라의 군인들이 들이닥칠 것이오. 흥! 그 사람들도 나처럼 당신네들의 관습과 신들을 배려해줄까? 천만에! 그들은 사냥터를 빼앗고 마을을 파괴한 다음 백성들을 강제로 쫓아낼 것이오……."

족장들은 아무런 대꾸도 하지 않았다. 사령관은 한시바삐 새 노인을 만나러 가자고 졸랐다. 하지만 족장들은 아무런 예고도 없이 무턱대고 방문할 수는 없다며 사령관의 제안을 묵살했다. 그러자 군인들이 족장들 중 가장 존경받고, 가장 권위 있는 토노아를 인질로 붙잡았다.

사령관은 이를 악물고 으르렁댔다.

"이 사람이 나와 함께 새 노인의 집에 가게 될 것이오. 당신들은 여기에서 기다리시오! 조금이라도 허튼짓을 했다간, 총알이 심장을 관통할 테니 알아서들 하시오!"

이튿날 아침, 일각 고래가 출발하자 알레우트의 사냥꾼들은 카누를 타고 그 뒤를 바짝 쫓았다.

새 노인의 섬은 배로 꼬박 하루를 가야 할 만큼 외진 곳에 있었다. 그 섬은 검은 소나무로 뒤덮인 축축하고 거대한 바위섬으로, 푸르스름한 빙하가 주위를 벽처럼 두르고 있었고, 들쑥날쑥한 해안선은 둥둥 떠다니는 나무들 천지였다. 일행은 일각 고래를 타고 섬을 한 바퀴 둘러본 다음 배에서 내렸다. 노인이 그들을 맞기 위해 후들거리는 다리를 이끌고 밖으로 나오자 사령관은 너무 기가 막혀 웃음조차 나오지 않았다. 더러운 누더기를 걸치고 추위에 덜덜 떨고 있는 새 노인의 모습은 한마디로 역겨움 그 자체였다. 저런 거지 같은 늙은이에게 토노아와 노힉이 머리를 숙이다니! 정말이지 구역질이 날 만큼 유치하고도 괴상한 광경이었다. 하지만 어떻게든 조약을 맺어야만 했다. 글자도 모르는 야만인들의 가위표 대신, 부족을 대표하는 인물의 서명이 필요하였기에 그는 억지웃음을 지으며 조약문을 다시 읽어 내려갔다.

노힉은 짜증이 날 정도로 천천히 통역했고, 새 노인은 듣는 둥 마는 둥 몸을 벅벅 긁어댔다. 그의 머리 모양은 마치 삐뚜름하게 기울어진 챙 없는 모자처럼 보였다. 챙 없는 모자라는 표현도 그나마 예의를 갖추어서 한 말이었다. 사실 새털과 짐승의 털 그리고 작은 나뭇가지들이 뒤섞인 지저분한 덤불이라고 표현하는 게 더 맞았다. '이제야 그의 머리가 들어 올려지는군!' 모자 속에는 둥그런 혹 같은 게 솟아 있었다. 바로 새 둥지였다! 조그마한 자고새 한 쌍이 그의 머리 위에서 살고 있었던 것이다.

새 노인은 서명을 단호히 거부했다.

"나는 우리 부족이 당신들 나라와 사이좋게 지내는 것을 반대하는 게 아니오. 하지만 얄레우트는 그곳에 살고 있는 모든 생물들의 소유라오. 그러므로 나는 우리 형제인 새들과 물고기들이 조약의 내용을 이해하고 동의할 때에만 서명을 할 것이오."

사령관은 펄펄 뛰었다.

"새들이 사람 말을 이해하다니!"

그는 노인에게로 성큼 다가가서 멱살을 잡고 흔들었다.

"뭐, 새들이 말을 알아듣는다고?"

그는 노인의 모자 속을 마구 헤집어 놀란 자고새 두 마리를 멀리 쫓아버렸다. 그뿐이 아니었다. 둥지에 있던 두 개의 알을 꺼내 노인의 눈앞에서 흔들어 보이더니, 곧바로 돌 위에 던져 깨뜨려 버렸다.

"이것이 바로 새들의 의견에 대한 내 대답이오!"

사령관은 노인의 깡마른 어깨를 거칠게 붙잡아 군인들 쪽으로 떠밀었다.

"배에 태워라! 기필코 서명을 하게 만들어주지!"

그들은 보트로 다시 돌아왔다. 노힉은 수치심과 분노로 이를 악물고 주먹을 꽉 쥐었다. 노인은 심한 푸대접을 받으면서 토노아와 함께 갑판 위로 올라갔다. 사령관은 노힉에게 코가 닿을 듯 가깝게 얼굴을 들이밀고는 소리쳤다.

"만약 조약에 서명하지 않으면, 저 두 늙은이의 목숨은 책임질 수 없다."

노힉은 태연하게 있었다. 군인 한 명이 사령관의 고함 소리를 중단시켰고, 사람들의 시선이 일제히 군인의 손끝을 향했다. 무장한 얄레우트인들이 백여 척의 카누에 나눠 타고, 뱀처럼 소리

없이 일각 고래를 향해 몰려오고 있었다. 그들은 이제 사냥꾼이 아니라 푸른 제복의 적들을 향해 맹렬하게 돌진해오는 투사처럼 보였다. 활과 화살, 전투용 창과 무시무시한 곤봉으로 무장한 그들과의 싸움은 이제 피할 수 없는 일이었다.

사령관은 곧 냉정을 되찾고 한눈에 상황을 파악했다. 성난 알레우트의 무사들을 일각 고래 위로 올라오게 해서는 안 되었다. 그랬다가는 수세에 밀릴 것이 분명했다. 정면 대결을 피하고 거리를 두기 위해서는 인질을 이용하는 것이 최선이었다. 대포에 탄알을 장전하는 동안, 그는 새 노인과 토노아 추장을 잘 보이는 뱃전 난간에 세워두었다.

그는 알레우트인들에게 본때를 보여주겠다고 결심했다. 그들은 총의 위력은 알겠지만 대포 소리는 들어본 적이 없을 테니 단 한 방만 쏘아도 충분히 겁을 먹고 도망치리라. 그렇게 되면 무력을 쓰지 않고도 쉽게 담판을 지을 수 있을 것이다. 이것이야말로 일석이조가 아닌가. 마침내 일각 고래의 포문이 열렸다. 사령관은 정확히 알레우트인들의 카누 십여 미터 앞에 조준하라고 명령했다. 이어 대포 한 방이 범선의 허리춤에서 발사되었고, 엄청난 물보라가 선대를 스치며 솟구쳐 올랐다.

"첫 번째 경고다. 다음번에는 카누를 죄다 침몰시켜버릴 테다!"

대포 한 방이 범선의 허리춤에서 발사되었고, 엄청난 물보라가 선대를 스치며 솟구쳐 올랐다.

사령관이 소리를 질렀다.

노힉은 굳이 통역할 필요도 없었다.

놀란 알레우트인들이 너무나도 황급히 도망가는 바람에 사령관도 어안이 벙벙할 지경이었다. 사방에서 겁에 질린 외침들이 불협화음처럼 터져 나왔다. 해상 전투의 오랜 경험상 적이 이렇게나 빨리 후퇴하는 것은 처음 있는 일이었다. 눈 깜짝할 사이에 그들은 바위 뒤 포구의 깊숙한 곳으로 숨어버렸다.

"훌륭한 사냥꾼이긴 한데, 군인으로서는 형편없군."

사령관은 코웃음을 치며 빈정거렸다.

첫 전투는 너무 시시하게 끝나버려 실망스러울 정도였다. 어찌나 빨리 달아났는지, 돛대의 둥근 꼭지 위에서는 아직도 폭발의 메아리가 맴돌고 있었다. 폭발음이 만들어낸 메아리는 멀리 있는 산봉우리에까지 울려 퍼졌고, 뒤이어 무시할 수 없는 적막감이 엄습해왔다.

야만인들에게 한 방 먹인 것을 즐거워하며 시종일관 낄낄거리는 부하들을 향해 사령관이 선언하듯 말했다.

"대원들이여, 전투는 이것으로 끝난 것 같다!"

바로 그때, 난생처음 들어보는 거대한 폭발음이 일각 고래의 맞은편 끝에서 들려왔다. 사령관의 얼굴에 떠 있던 미소가 순식간에 사라졌다. 귀를 찢는 듯 '쩍' 하고 갈라지는 소리가 나더니 배의 옆구리에 금이 가기 시작했다. 오른쪽 뱃전에서 약 이 킬로미터 떨어진 곳에 있던 빙하가 대포 소리에 잠에서 깨어나, 마치 불편한 심기를 드러내듯 허리춤에서 작은 산봉우리만 한 크기의 빙산을 떨어뜨린 것이었다.

물속에 빠진 거대한 빙산은 점점 더 크게 소용돌이를 일으키며 떠내려왔다. 공포로 휘둥그레진 선원들의 눈앞으로 첫 번째 파도가 빠르게 밀려오고 있었다. 그러고는 굶주린 짐승처럼 게걸스럽게 일각 고래 위를 덮쳤다. 범선은 닻줄이 모두 끊어진 채 술에 취한 사람처럼 빙글빙글 돌다가 결국엔 엄청난 소리를 내며 섬의 절벽 위에서 부서져버렸다. 배가 박살난 것 외엔 다행히 인명 피해는 없었다.

너무도 갑작스레 벌어진 사태에 놀라 얼굴이 하얗게 질려버린 사령관의 귀에 대고 노힉은 조그맣게 속삭였다.

"그러게 새 노인이 서명하지 않겠다고 말하지 않았습니까!"

· Y · 얄레우트인의 나라

숲속의 곰 사냥

늑대 가죽을 쓴 북쪽의 적들은 끊임없이 얄레우트인들을 공격해온다.

곰춤에 쓰이는 곰 가면
오직 고참 사냥꾼들만이 곰춤을 출 때 곰 가면을 쓸 수 있다. 예견할 수 없는 노여움으로 가득 찬 곰의 정신은 그 가면을 쓴 자의 힘과 난폭함을 증폭시키는 것은 물론, 성난 짐승처럼 격노하게 만들 수도 있다.

얄레우트의 대장군

얄레우트인들의 마을

212 ── 붉은 강 나라에서 지조틀인의 나라까지

새 노인의 움막
얄레우트인들은 그를 '백색 물이 흐르는 산의 벼락 수호자'라고 부르기도 한다.

얄레우트 씨족들 간의 바다사자 나누기   바다사자의 간 나누어 먹기

노힉의 초상화
노힉은 그림으로 자신의 이야기를 하기 위해 푸른 제복 사람들의 공책을 사용한다.

얄레우트인들과 푸른 제복 사람들 간의 선물 교환   빙하에서 떨어져 나온 빙산에 의한 범선 일각 고래의 난파

·Y· 얄레우트인의 나라 ── 213

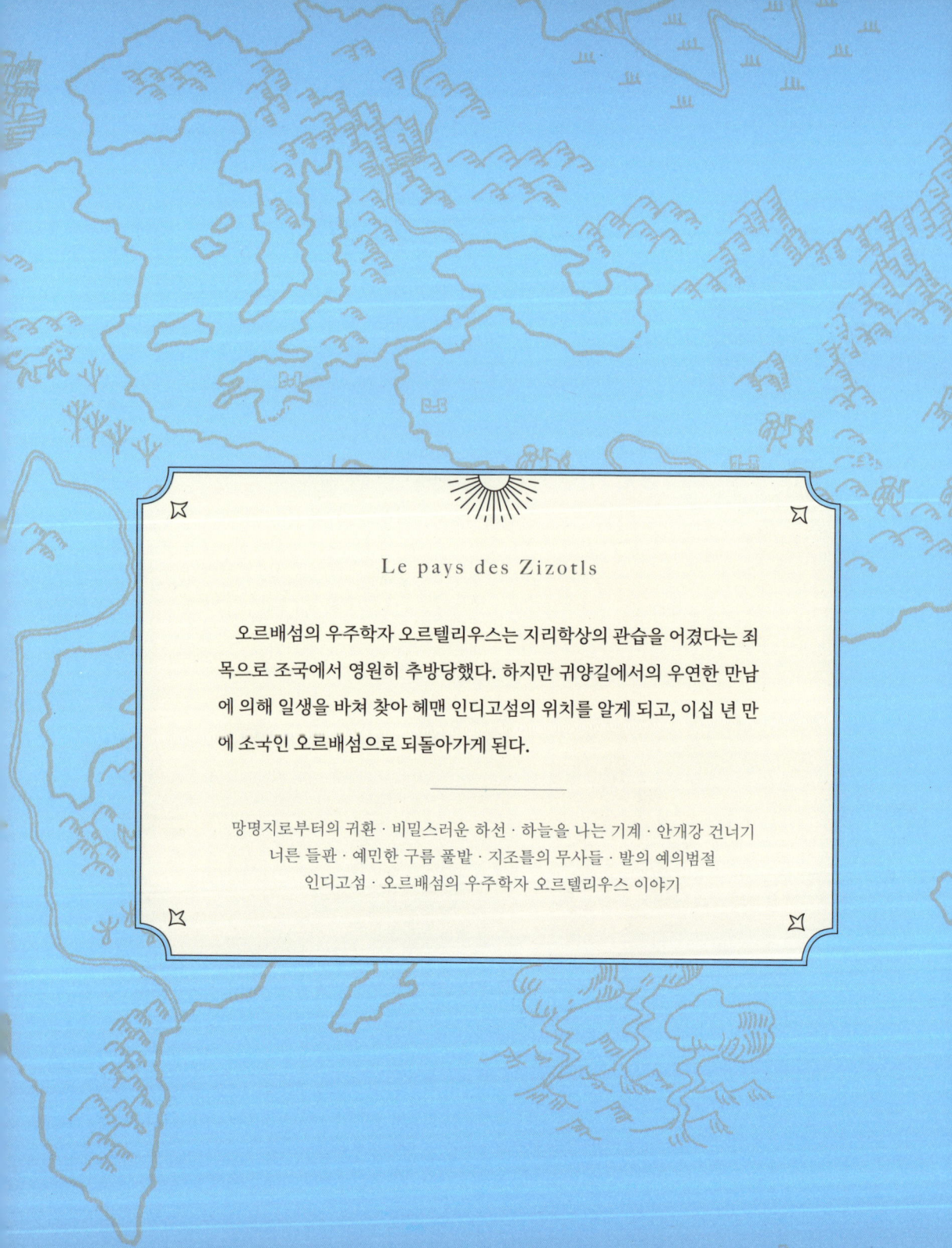

Le pays des Zizotls

오르배섬의 우주학자 오르텔리우스는 지리학상의 관습을 어겼다는 죄목으로 조국에서 영원히 추방당했다. 하지만 귀양길에서의 우연한 만남에 의해 일생을 바쳐 찾아 헤맨 인디고섬의 위치를 알게 되고, 이십 년 만에 소국인 오르배섬으로 되돌아가게 된다.

망명지로부터의 귀환 · 비밀스러운 하선 · 하늘을 나는 기계 · 안개강 건너기
너른 들판 · 예민한 구름 풀밭 · 지조틀의 무사들 · 발의 예의범절
인디고섬 · 오르배섬의 우주학자 오르텔리우스 이야기

·Z·
지조틀인의 나라

다시 오르배섬으로 돌아온 우주학자 오르텔리우스

스무 해가 넘도록 외로운 유배 생활을 한 오르텔리우스°가 아무도 모르게 오르배섬으로 돌아왔다. 선장이 오르텔리우스를 내려준 곳은 무너진 절벽 틈새의 좁은 모래사장이었다.

눈에 잘 띄는 뱃길을 피해달라는 오르텔리우스의 부탁 때문이었다. 파도에 깎여 울퉁불퉁한데다 모양도 제멋대로인 모래사장은 오르배섬의 유일한 항구인 '다섯 가지 호기심 항구'에서 수백 킬로미터나 떨어져 있었다. 오르텔리우스는 선원들의 도움으로 수면에서 삼십육 미터나 솟아 있는 벼랑 꼭대기까지 열댓 개나 되는 짐 상자를 무사히 옮길 수 있었다. 그는 바닷바람을 피하고

° 오르배섬(2권 참조)의 우주학자로 지리학상의 관습을 어겼다는 죄명으로 조국에서 추방당한다.

자 바다를 등진 채 평평한 암반 위에 텐트를 쳤다. 그 일이 끝나자 선원들은 왔던 길을 되짚어 가버렸고, 혼자 남은 오르텔리우스는 저녁이 될 때까지 짐 정리를 했다. 남은 물과 식량으로는 열흘 정도 버틸 수 있었다. 바다는 모래 위에 찍힌 발자국들을 깨끗이 지워버렸고, 밤이 되자 자신을 실어다 준 배의 흔적도 가뭇없이 사라지고 없었다.

이튿날, 오르텔리우스는 바람에 날아가지 않도록 설계도 위에 돌을 올려놓고는 이상한 물건을 만들기 시작했다. 그는 마치 시간에 쫓기는 기술자처럼 눈으로는 빠르게 설계도를 확인하고, 지체 없는 손놀림으로 필요한 조작을 능숙하게 해냈다. 우선 여러 개의 기다란 나무 부품들을 가는 철끈으로 길게 조립하고, 용수철을 달고 도르래를 조절해가면서 연접 장치에 기다란 나무 막대기를 끼워 맞췄다. 모든 부품들이 합쳐지자, 최소한의 기계 장치로 만들어진 돛단배 같기도 하고, 새 같기도 한 날틀의 형태가 눈에 들어왔다. 오르텔리우스는 섬에서의 첫날을 기구의 골격을 맞추는 데 썼다.

다음 날에는 아주 얇고 튼튼한 천으로 날개를 입히는 작업을 했다. 바느질로 천을 뼈대에 붙이자 마침내 하늘을 나는 기계가 완성되었다. 날틀은 둥글게 휘어진 두 날개 위로 바람만 불어오면

그대로 가볍게 날아오를 것처럼 보였다. 그것은 힘과 균형의 원리가 만들어낸 걸작이었다. 오르텔리우스는 날틀을 밧줄로 묶고 덮

개를 만들어 씌웠으며, 연장들은 상자에, 설계도는 잘 말아서 기다란 통에 넣어두었다. 둘째 날은 이렇게 흘러갔다. 최종적인 작

·Z· 지조틀인의 나라 —— 219

업을 마친 그는 곧바로 휴식에 들어갔다…….

유배 생활 동안 인디고섬에 대해 듣게 된 오르텔리우스

지리학상의 관습을 어겼다는 죄명으로 동료들에게 버림받은 오르텔리우스는 젊은 나이에 그의 조국인 오르배섬을 떠나야만 했다. 생계를 꾸려나가기 위해 장사꾼이 된 그는 그가 잘 아는 분야의 물건들, 즉 지도와 지구본, 지리도 등을 사고팔았다. 오랫동안 여기저기를 떠돌다 보니 특이한 사람들도 많이 알게 되었다.

그러던 중 오르텔리우스는 한 노인°을 만났다. 세계 곳곳을 원도 한도 없이 탐험한 그는 어디론가 떠나고 싶어 하는 사람들을 초대해 이야기꽃을 피우는 낙으로 살아가는 사람이었다. 지리학에 대한 공통된 열정은 두 사람의 우정을 더욱 두텁게 해주었다. 오르텔리우스는 적어도 일 년에 한 번은 친구의 집을 방문했다. 어느 날 저녁, 파이프 담배 연기를 내뿜던 그가 여행자로서의 삶에서 가장 후회되는 일을 털어놓았다. 그것은 신비에 싸인 인디고섬°에 끝내 가보지 못한 것이었다.

° 이십 년간 유배 생활을 하던 오르텔리우스는 우연히 코르넬리우스를 만나게 되고, 그에게 환상의 인디고섬이 오르배의 안쪽 땅에 위치한 섬이라는 놀라운 사실을 듣게 된다. (여기서는 노인이 코르넬리우스라고 밝히지는 않았지만, 이야기의 흐름으로 보아 1권의 인디고섬에 나오는 코르넬리우스가 분명하다.)
° 기다란 큰 섬과 사화산 모양의 작은 섬으로 이루어진 i자 모양의 섬이다.

그 섬에 대해 아는 바가 전혀 없는 오르텔리우스를 위해 사내는 아주 오래된 수기 형식의 책을 한 권 보여주었다. 양피지로 만든 표지에는 『인디고섬에 관한 기록』이라는 제목이 붙어 있었다. 그 책은 아나톨 브라자딤°이란 사람이 쓴 책으로, 풀로 뒤덮인 너른 들판의 한가운데 우뚝 솟아 있는 두 개의 섬에 관한 일종의 보고서 같은 것이었다. 책 속에는 특이한 장례식 행렬과 수수께끼 같은 구름 풀°의 수확 등 그곳 주민들의 특징과 풍습을 알 수 있는 내용들이 자세히 적혀 있었다. 그리고 맨 끝에는 브라자딤이 인디고의 큰 섬에서 작은 섬까지 비행을 시도했을 때 사용한 날틀의 설계도가 부록처럼 들어 있었다.

"정작 중요한 섬의 위치에 대해서는 아무런 언급도 없군요."

오랫동안 책장을 뒤적이던 오르텔리우스가 심드렁하게 중얼거렸다. 그러자 노인이 대답했다.

"나는 브라자딤을 만난 적이 있다네. 폭풍우가 불던 어느 저녁이었지. 그때가 벌써 오십 년 전이야. 나는 하룻밤 묵어갈 만한 여

° 오르배의 천문학자였으나 인디고섬의 지도를 만드는 일에 실패해 오르배섬에서 쫓겨난다. 그 뒤 '인디고섬에서'라는 여관을 차려놓고 찾아오는 손님들에게 아련한 쪽빛을 간직한 아름다운 인디고섬에 대해 들려주는 것을 낙으로 삼으며 산다.
° 큰 섬에서 자라는 풀로 풀잎 끝에 깃털 장식이 달려 있고, 구름 천의 재료로 쓰이는 풀. 키가 크며 매우 섬세한 감각을 가지고 있어 외부의 작은 자극에도 몸을 떤다. 풀잎의 빛깔은 시시각각 변하는 하늘의 빛깔을 닮아간다.

관을 찾아야 했네. 마침내 마을 끝에서 여관을 하나 찾았는데, 아나톨 브라자딤은 그 여관의 주인이었어. 그는 밤새도록 인디고섬에 대한 이야기를 들려주었다네. 게다가 인디고섬이 그려져 있는 지도책까지 보여줬지. 그의 말에 따르면, 두 섬은 거대한 오르배섬의 너른 풀밭 위에 우뚝 솟아 있다는 거야."

그 말을 들은 오르텔리우스는 자리에서 벌떡 일어났다. 추방되기 전까지 오르배의 대지도인 어머니 지도를 눈이 아프도록 수도 없이 보아온 그였다. 어머니 지도 어디에도 인디고섬은 없었다. 하물며 사람이 사는 섬이라니. 얼토당토않은 소리였다. 채색부의 지도 그리는 여인들이 양피지로 된 '어머니 지도'에 사람을 그려 넣지 않은 건 꽤 오래된 일이었다. 나무와 풀, 새와 짐승, 산과 강은 그렸지만 사람은 없었다. 풍경이 계속 덧칠되는 바람에 사람은 자연스레 지워졌다.

오르텔리우스의 친구는 계속해서 말했다.

"간혹 브라자딤이 나를 여행길에 오르게 하려고 일부러 얘기를 지어낸 건 아닌가 하는 의심도 했다네. 내가 반복되는 일상을 몹시 지루해하고 있다는 것을 눈치챘을 수도 있고. 어쨌든 그 덕분에 마음껏 방랑자 생활을 즐길 수 있었어. 그가 나를 짓궂게 바라보고 있다는 것을 알면서도 인디고섬을 그린 그림에 정신이 팔려 있었지……. 물론 나는 그곳에 가보지 못하였네. 이방인들은 오르배섬의 내륙에 발을 들여놓을 수 없다는 걸 굳이 자네한테 설명할 필요는 없겠지. 어쨌든 내 여행 가방 속에는 아름다운 추억들이 가득 차 있다네……."

오르텔리우스가 그 책을 사고 싶어 하자, 친구는 기꺼이 선물로 주면서도 오르텔리우스가 자신이 했던 일을 그대로 반복할까 봐 불안해했다. 책을 손에 쥔 오르텔리우스는 목수의 도움을 받아 브라자딤의 설계도대로 날틀의 모형을 여러 개 만들었다. 여러 번의 시행착오를 거치면서 더 나은 날틀이 만들어졌다. 드디어 무릎을 칠 만큼 괜찮은 날틀이 탄생했고, 오르텔리우스는 그것을 다시 분해해 비밀리에 오르배로 갖고 온 것이었다. 오르배섬에 다시 온 사흘째 되는 날 새벽, 이제 모든 준비는 끝났다.

다시 한 번 안개강을 건너는 오르텔리우스

오르텔리우스는 일어나자마자 짐을 꾸렸다. 날틀에 매달린 두 개의 주머니에는 약간의 음식과 가장 가벼운 연장 몇 개만을 실을 수 있었다. 그는 날틀을 끌고 드넓은 구름바다가 펼쳐져 있는 암반의 끄트머리로 갔다. 구름이 바다를 이루는 현상을 오르배에서는 안개강이라고 불렀다. 오르텔리우스는 모자를 쓰고, 두 발을 발 디딤대에 끼워 넣은 뒤 밧줄로 몸을 묶어 고정시켰다. 그런 다음 세찬 바람이 발아래로 지나가는 순간에 휙 몸을 날렸다. 날틀의 가로대에 매달려 방향을 조정하는 가죽띠를 움켜쥔 그는 순식간에 찬란하게 빛나는 구름바다 속으로 빠져들었다.

세찬 바람이 오르텔리우스의 얼굴을 사정없이 후려쳤다. 그는 우유 속에 빠져 허우적대는 모기처럼 비틀거렸다. 다행히 정신을 차렸으나, 그대로 추락하는 줄만 알았다. 날틀이 수직으로 내리꽂히는 듯한 느낌을 받았기 때문이다. 하지만 산꼭대기에 쌓인 눈보다 더 희고 더 축축하고 더 폭신한 구름 솜 덕분에 기류를 타고 다시금 위로 올라갈 수 있었다. 그러자 베일이 벗겨지듯 구름 장막 아래 가려져 있던 안쪽 땅이 모습을 드러냈다. 그는 끝없이 펼쳐진 섬의 장관을 감상할 수 있었다. 마치 어머니 지도 위를 날아다니는 기분이었다. 안쪽 땅의 겉모양과 굴곡이 한눈에 내려다보였다.

산과 바위, 협곡, 단층, 언덕, 물이 흐르는 그물 모양의 수로, 드문드문 있는 호수들, 검은 물결을 이루는 숲과 태양 빛에 물들어 붉게 빛나는 바위들, 하늘에 점점이 박힌 새들과 거울처럼 빛나는 늪, 바람에 일렁이는 갈대밭과 초원을 숨 가쁘게 뛰어다니는 동물들의 비단결 같은 털……. 지도를 보며 꿈꾸었던 모든 것들이 바로 눈 아래 펼쳐져 있었다. 오르텔리우스는 그 아름다운 풍경을

베일이 벗겨지듯 구름 장막 아래 가려져 있던 안쪽 땅이 모습을 드러냈다.
마치 어머니 지도 위를 날아다니는 기분이었다.

감상하느라 시간 가는 줄도 몰랐다.

그는 물줄기들이 합쳐지는 섬의 중앙을 향해 방향을 틀었다. 마치 배들이 푸른 물살 위에서 서로 교차하는 것처럼, 물줄기들의 가느다란 맥박이 한 방향으로 모여서 찬란하게 빛나는 대지를 향해 쉼 없이 흘러갔다. 하지만 그것들은 모래나 소금으로 된 불모의 땅으로, 먼 곳에서 온 탐험가의 눈에는 전부 다 엇비슷해 보일 뿐이었다.

날틀은 한차례 요동을 쳤고, 갑자기 불어닥친 바람에 의해 단숨에 위로 솟구쳐 올랐다. 그러자 물줄기가 갑작스레 땅으로 꺼진 듯 눈앞에서 홀연히 사라졌다.

얼마나 지났을까, 오르텔리우스의 눈에 푸르스름한 산등성이가 솟아 있는 광활한 초록빛 평원이 보였다. 고도가 점점 떨어지고 있었으므로 착륙을 시도할 수밖에 없었다. 날틀은 힘없이 픽 쓰러지더니 앞으로 길게 미끄러졌다. 순간 바람이 일었고, 옆으로 누운 풀숲 위로 거대한 곤충처럼 튀어 오른 날틀은 제자리에 멈춰 섰다. 한쪽 날개가 부러진 날틀 안에서 오르텔리우스는 한동안 옴짝달싹도 할 수 없었다. 복잡하게 뒤얽힌 가죽띠가 그의 몸을 옥죄고 있었기 때문이다.

간신히 빠져나온 오르텔리우스는 타박상을 입은 어깨를 손으로 문지르며 자리에서 일어났다. 주위는 온통 풀숲 천지였다. 그는 식량이 든 가방을 움켜쥐었다. 풀들은 오르텔리우스를 뛰어넘을 만큼 성큼 자라 있었고, 초록빛을 머금은 풀잎은 햇빛을 받아 아름답게 반짝였다. 풀잎 끝에는 하늘빛을 닮은 깃털 장식이 달려 있었는데, 오르텔리우스가 조금만 움직여도 덩달아 흔들리곤 했다. 게다가 발을 디딜 때마다 바닥이 발자국 모양으로 움푹움푹 파였다. 그가 지나갈 때에는 계곡들이 길을 열었고, 지나간 뒤로는 곧 다시 문을 닫았다. 인기척을 느낀 풀들이 끄트머리에 매달린 깃털 장식을 흔들어 몸을 스침으로써 바로 옆에 있는 다른 풀들에게 이방인의 침입을 알렸다. 풀들의 떨림은 오르텔리우스의 발걸음보다 먼저 전달되었고, 그의 발자국이 스친 곳에는 전율이 멈추지 않았다. 오르텔리우스는 풀들 중 하나를 손가락으로 만져보았다. 그러자 풀은 깜짝 놀란 듯 부르르 몸을 떨며 이파리를 한껏 움츠렸다.

그가 지나간 자리는 여기저기 파이고 덤불들이 죄다 곤추서 있어, 마치 취기와 화병으로 정신이 나간 농부가 미친 듯이 뒹굴다 간 자리를 연상케 했다. 이 상태로 계속 간다는 건 아무리 생각해도 무리였다. 밤이 되자 녹초가 된 오르텔리우스는 자신의 행군으로 인해 구겨진 풀들을 이불 삼아 곤한 잠에 빠져들었다.

미지의 땅에서 지조틀인을 만난 오르텔리우스

　새벽빛이 어둠을 몰아낼 무렵, 잠에서 깬 오르텔리우스는 깃털 장식을 닮은 풀들이 분홍빛으로 물드는 것을 보았다. 아나톨 브라자딤도 『인디고섬에 관한 기록』에서 구름 풀들의 빛깔이 바뀌는 현상을 자세히 설명하고 있었다. 그는 분명히 잠이 들었다. 그것도 구름 천을 만드는 아름다운 구름 풀들 사이에서. 구름 풀은 시시각각 변하는 하늘빛을 닮아 있었다. 그는 거추장스러운 신발을 벗어 던지고 벌컥벌컥 찬물을 들이켰다. 그러고는 현재 자신이 처한 상황을 하나씩 살펴보았다. 그는 어딘지도 모르는 풀밭 한가운데서 길을 잃었고, 오던 길을 되짚어 다시 돌아갈 수도 없는 애매한 상황에 처해 있었다. 그는 몸을 일으키다 발아래 흙이 몹시 부드럽다는 것을 알아챘다. 풀들은 여전히 긴장한 듯 떨고 있었지만, 왠지 어제보다는 덜 무서워하는 것처럼 느껴졌다.

　기운을 차린 오르텔리우스는 맨발로 행군을 계속했다. 흐리멍덩한 상태로 겁에 질린 풀들을 베면서 무작정 앞으로 나아가던 어제와는 상황이 많이 달라져 있었다. 희미했지만 풀숲 사이로 조금씩 길이 나고 있었고, 멀게만 보이던 산들도 점점 더 크게 보였다. 그는 두 번째 밤이 되기 전에 산발치에 도착했다. 고사리가 무성하게 자란 언덕을 기어 올라가자 히비스커스와 난초과 꽃들로 둘러싸인 샘물이 나타났다. 오랫동안 목을 축이던 오르텔리우스는 누군가의 시선이 등 뒤에 꽂히는 듯한 기분을 느꼈다. 돌아보니, 사내 하나가 생기 있게 빛나는 검은 눈동자를 굴리며 오르텔리우스를 바라보고 있었다. 비로소 오르텔리우스는 지조틀인들을 만나게 된 것이다.

지조틀인은 숨어 있던 장소에서 천천히 나와서 오르텔리우스 앞에 섰다. 지조틀인은 온몸에 칠을 하고 깃털 장식을 요란스럽게 달고 있었다. 순진하면서도 당당해 보이는 인디언의 모습이었다. 오르텔리우스는 다시금 책의 내용을 떠올렸다. 섬의 전체적인 윤곽과 구름 풀…… 모든 게 브라자딤이 묘사한 그대로였다. 한 가지 다른 것이 있다면 바로 지조틀인이었다. 브라자딤은 지조틀인들이 동양인과 흡사하다고 했다. 하지만 사내의 의복이나 머리 모양은 동양인과는 전혀 달랐다.

그는 사냥에서 돌아오는 길인 듯했다. 몸에 새겨진 문신과 비슷하게 생긴 작은 짐승이 화살이 꽂힌 채 허리춤에 매달려 있었다. 목소리는 부드러웠고 발음이 서툰 어린아이처럼 '제제' 소리가 많이 났다. 오르텔리우스는 당황스러웠다. 인디고섬을 찾았다고 생각한 순간, 예상치 못한 부족을 만나게 된 것이다. 그가 잘못 알고 있는 걸까, 아니면 섬의 원주민들이 바뀐 걸까?

지조틀인이 자신을 따라오라고 손짓하고는 앞장을 섰다. 그는 걷는다기보다는 미끄러진다는 표현이 어울릴 만큼 걸음이 빨랐다. 오르텔리우스는 그의 날렵한 걸음을 따라가려다 여러 번 발목을 접질렸다. 게다가 옷소매까지 걸리적거려 불편하기 짝이 없었다. 간신히 도착한 마을은 마치 숨은 그림처럼 교묘하게 숨어 있어서 언뜻 보면 도저히 찾아낼 수가 없을 정도였다. 순식간에 사방에서 튀어나온 사람들이 오르텔리우스를 에워싸고는 뭐라고 한마디씩 해댔다. 어떤 이는 턱수염을 쓸어보고, 또 어떤 이는 머리카락을 만지작거렸다. 어린아이들은 그릇에 담긴 과일과 막대에 끼워서 구운 물고기를 가져다주었다.

오르텔리우스는 이렇게까지 환대를 받으리라고는 상상조차 하지 못했다. 이제 겨우 도착했을 뿐인데, 마치 오래된 친구가 되돌아온 것처럼 편안하게 맞아주다니. 사람들은 그를 식사에 초대했다. 가끔씩 터져 나오는 해맑은 웃음소리와 자연스레 마주 잡은 손들에서 부족 사람들 간의 두터운 우정을 느낄 수 있었다. 몸놀림에는 힘이 넘쳤지만 퉁명스럽거나 위협적인 것과는 거리가 멀었다.

나무 사이에 그네처럼 매단 해먹 위에서 보낸 첫날 밤은 마치 꿈 같았다. 오르텔리우스는 새로운 생활에 적응하는 데 한동안 시간이 필요했다. 향기와 색깔에 대한 표현이 풍부한 지조틀인들의 언어를 그는 느낌만으로도 충분히 이해할 수가 있었다. 그건 뭐랄까, 마치 시간 저편에 묻어두었던 오래된 기억들이 그에게 말을 거는 것 같은 신비로운 느낌이었다. 아무리 작고 보잘것없는 연장이라도 손바닥 위에서 한번 쓰윽 굴려보기만 하면, 그것을 만드는 데 들인 지조틀인들의 정성과 세심한 손길이 고스란히 전해지곤 했다.

하지만 오르텔리우스는 편안한 생활에 만족할 수 없었다. 아무리 숨기려고 애를 써도 얼굴에 드리워진 그늘을 감추지는 못하였다. 도저히 떨쳐버릴 수 없는 호기심과 의문점 때문에 마음은 언제나 다른 곳에 가 있었다.

우선 그는 자신이 정확하게 어디에 있는지, 자신의 머릿속에 들어 있는 지도의 어디쯤에 있는지를 확인해야 할 필요가 있었다…….

발의 예의범절을 배우는 오르텔리우스

몇 주 뒤, 오르텔리우스는 자신의 생각을 전달하기 위해 흙 위에 인디고섬의 지도를 그렸다. 그리고 과장된 몸짓으로 두 섬의 모양을 설명했다. 하나는 매우 길게 수직으로 뻗은 띠 모양의 섬이었고, 다른 하나는 작고 둥근 원뿔형이었다. 그는 두 번째 섬이

불을 뿜었던 사화산이라는 걸 이해시키려고 애썼다. 두 손가락을 이용해 사람이 큰 섬의 정상으로 걸어 올라가는 시늉을 해 보이고, 그런 다음 주변에 있는 마을과 숲을 가리켰다. 하지만 지조틀인들은 그가 그린 지도를 이해하지 못했다. 그들 중 한 명이 막대기를 집어 길을 따라가듯 점들을 찍었다. 그리고 옆에다가 점으로 이어진 길을 하나 더 그렸는데, 질서 없이 우왕좌왕하고 있는 모양이었다. 마을 사람들은 두 번째 점들을 보고 일제히 웃음을 터뜨렸다. 다소 시간이 걸렸으나 오르텔리우스는 땅 위에 아무렇게나 그려진 점들이 자신의 발자국임을 알 수 있었다.

지조틀인들에게는 발자국 이외에는 어떤 지도도 존재하지 않았다. 그것이 바로 그들의 이름이었고, 글이었다. 마치 작은 식물들처럼 발자국으로 그림을 그렸고, 그려내는 발자국이 얼마나 곧고 우아한가에 따라 사람의 됨됨이를 판단했다. 또한 각자 땅을 갈아서 정원 하나씩은 남겨야 한다고 믿었다. 그런 식으로 표현하는 발의 예의범절은 항상 생활 속에서 지켜지고 있었다.

어찌되었건 그들은 힘닿는 데까지 오르텔리우스를 돕고 싶어 했다. 열 명의 사람들이 나라 전체가 내려다보이는 산을 향해 오르텔리우스와 함께 떠났다. 그들은 강을 지나고, 재를 넘고, 또 다른 강을 건너고, 언덕을 넘었다. 간혹 풀이 무성하게 자란 드넓은 평원이 멀리 나무들의 갈라진 틈 사이로 비치곤 했다. 오르텔리우스는 맨발로 걸으면서 모든 것을 발로 느끼려고 애썼다. 그들은 좀더 높은 지대에 도착했다. 그곳은 초록빛 숲 위로 산등성이가 솟아 있는 곳이었다. 오르텔리우스는 다시 한 번 지조틀인들의 날렵함에 놀라지 않을 수가 없었다. 그의 앞에서 걷는 지조틀인은 한 마리 새처럼 바위에서 바위로 날아다녔다. 그들이 산중턱에 닿자 어둠이 찾아왔다.

새벽이 되기도 전에 잠에서 깬 오르텔리우스는 자꾸 조바심이 났다. 그는 옆에서 자고 있는 사람들을 흔들어 깨운 뒤 손가락으로 아직 더 가야 할 길을 가리켰다. 그렇게 쉬지 않고 기어오른 덕분에 점심 무렵에는 꼭대기에 닿을 수 있었다. 그들이 도착한 산 정상은 주변의 산봉우리들과 연결되어 넓게 이어져 있었다. 꼭대기에서 보니 섬의 윤곽이 한눈에 들어왔다. 능선을 타고 아래쪽으로 뻗어 내린 초록색 숲은 구름 풀이 바다를 이룬 평지까지 길게 이어져 있었다. 하지만 섬은 오르텔리우스가 예상했던 모양과는 전혀 딴판이었다. 섬은 두 개의 거대한 계곡이 푹 파여 있어, 마치 알파벳 글자 'Z'를 보는 듯했다. 오르텔리우스는 그런 사실을 전혀 모르고 있었기 때문에 인디고섬을 찾으려는 계획은 실패할 수밖에 없었던 것이다. 그는 이렇게 비참한 실패로 끝나버리기까지

· Z · 지조틀인의 나라

인디고섬의 사화산은 Z자의 아랫변을 쭉 늘인 지점에 마치 마침표처럼 자리 잡고 있었다.

겪었던 수많은 고난에 대해 다시금 곰곰히 생각해보았다.

　지조틀인들은 그의 맑은 눈빛 속에서 온갖 감회가 소용돌이치는 것을, 그의 입술에서 슬픈 미소가 희미하게 번져가는 것을 보았다. 이제 모든 여행은 헛된 것으로 끝이 났다. 왜 자신은 다른 사람들처럼 평범한 삶에 만족하지 못했던가? 그의 곁으로 온 한 지조틀인이 오르텔리우스의 어깨를 잡고 먼 곳을 가리켰다. 멀리 하늘 속으로 녹아들 듯 푸르스름한 원뿔형의 화산이 보였다. 바로 인디고섬의 사화산이었다. 그것은 Z자의 아랫변을 쭉 늘인 지점에 마치 마침표처럼 자리 잡고 있었다.

오르배섬과 고리 모양을 한 안개강의 단면도

같은 땅이지만 각기 다른 시기를 나타내는 어머니 지도의 일부분

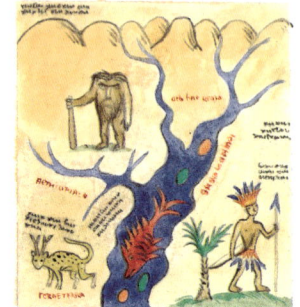

오르배섬의 다섯 가지 호기심 항구
이곳은 외국 선박들이 드나들 수 있는 유일한 통로이다.

오르배의 모든 역사는 어머니 지도에 나타나 있다. 가장 최근의 기록이 그 전의 기록 위에 겹쳐져 그려진다. 어머니 지도를 읽기 위해서는 어린아이의 눈, 즉 '양피지 아이'의 눈을 가져야 하고, 그것을 해석하기 위해서는 노인의 기억력, 즉 '백 개의 이름을 가진 노인'의 기억력을 가져야 한다.

머리 없는 괴물
어머니 지도의 가장 오래된 장에 그려진 괴물이다. 어머니 지도에는 개의 머리를 한 인간도 그려져 있다.

지조틀인의 마을
숲속에 숨어 있는 지조틀인의 마을은 아주 가까이 다가갔을 때에만 겨우 알아볼 수 있다.

지조틀인의 나라에서 바라본 신성한 섬

지조틀인의 식사

인디고섬 중 작은 섬인 신성한 섬은 사화산의 모습이다. 아나톨 브라자딤은 죽은 자들의 넋이 이 신성한 섬으로 간다고 믿었고, 지조틀인은 그 산으로부터 새로 태어나는 아기들의 영혼이 온다고 믿었다.

발의 예의범절
지조틀인들은 땅에 최대한 가벼운 발자국을 남기는 것을 인간 존중을 위한 최상의 표현으로 여긴다. 아름다운 발자국은 마치 식물의 씨앗과도 같아서 이들이 지나간 뒤에 싹을 틔우고 꽃을 피운다고 믿는다.

· Z · 지조틀인의 나라 — 237